RÉFUTATION

DU LIVRE

DE M. V. SCHŒLCHER.

RÉFUTATION

DU LIVRE

DE M. V. SCHŒLCHER.

RÉFUTATION

DU LIVRE

DE M. VICTOR SCHOELCHER,

INTITULÉ

DES COLONIES FRANÇAISES,

PAR

C. A. BISSETTE.

PARIS.

IMPRIMERIE D'A.-T. BRETON, RUE MONTMARTRE, 151.

1843

⸎❈⸎

AUX ABOLITIONISTES FRANÇAIS ET ÉTRANGERS.

Il semblera étrange qu'un homme de race noire qui réclame l'abolition de l'esclavage, qui s'est voué au triomphe de cette sainte cause, vienne réfuter le livre d'un homme qui demande comme lui l'abolition de l'esclavage. Mais le livre même de M. Schœlcher explique cette apparente contradiction. Plus un homme se dit votre ami, plus sa voix acquiert d'autorité lorsqu'il accuse ceux qu'il prétend défendre : telle est la position que s'est faite M. Schœlcher ; et voilà pourquoi j'ai entrepris de réfuter son livre.

Ce n'est pas, bien entendu, le principe de l'abolition que j'attaque dans ce livre. Ce que je réfute ce sont les erreurs dans lesquelles l'auteur s'est complu en signalant comme amis des noirs, ceux-là même qui se sont montrés leurs plus grands ennemis ; la critique injuste qu'il a faite de la conduite des mulâtres envers les noirs ; son appréciation malveillante de leurs principes et de leur moralité ; enfin, la mauvaise tendance de ce livre fait pour diviser les noirs et les mulâtres.

1

J'ose espérer que personne ne se méprendra sur mes intentions, ni sur mes opinions qui n'ont jamais varié en ce qui touche l'abolition de l'esclavage.

Je n'ai pas besoin de dire que mulâtres et noirs, libres ou esclaves, se confondent pour moi dans une même pensée, et que je n'établis aucune différence entre leurs droits à la liberté.

Les vrais amis des noirs, les abolitionistes à qui je fais hommage de ma brochure, m'accorderont, je n'en doute pas, leur approbation, car ils comprendront les motifs qui m'ont guidé. Ces vrais *amis* comprendront la noble susceptibilité d'un fils de race noire qui ne rougissant pas de son origine, n'a pu voir, sans une vive indignation, flétrir par la plume d'un abolitioniste, tout ce que l'homme doit le plus respecter et honorer après Dieu.

C'est en respectant les auteurs de ses jours, en les faisant respecter, que l'homme donne ses premiers gages à la société ; l'abolitioniste qui nous enseignerait à mépriser nos pères et nos mères, en les peignant injustement aux yeux de tous, comme des êtres dépravés, corrompus, et vivant de la prostitution, cet abolitioniste-là n'est pas notre ami, et n'a pas le droit de s'offenser si nous lui refusons ce titre.

J'en appelle à la conscience de tous les hommes de bien, de tous les vrais amis des noirs.

BISSETTE.

RÉFUTATION

DU LIVRE

DE M. V. SCHŒLCHER,

INTITULÉ

DES COLONIES FRANÇAISES

Nous entreprenons la réfutation d'un livre, et certes la
tâche n'est pas au-dessus de nos forces, car il ne s'agit que
du livre qu'a publié M. V. Schœlcher, sous le titre *Des
colonies françaises*.

M. Schœlcher qui se dit philanthrope, négrophile, abolitioniste et radical, a voulu avant d'écrire ce livre, voir les
choses par lui-même, et il a été aux colonies françaises
voir l'esclavage, aux colonies anglaises voir les effets de
l'émancipation, et à Haïti voir la liberté obtenue par le sort
des armes.

Nous n'entreprendrons pas la critique littéraire du livre
de M. Schœlcher, car ce n'est pas assurément une œuvre
littéraire qu'a prétendu écrire M. Schœlcher ; ce que nous
réfutons dans ce livre, écrit sans ordre, sans méthode, où
toutes les idées se confondent , si l'on peut appeler idées
les visions de M. Schœlcher, où tous les faits sont controuvés ou au moins inexacts ; ce que nous réfutons, disons-nous, c'est ce qui touche à la question de l'abolition

de l'esclavage, aux mœurs, aux préjugés des colonies, à l'esprit même du livre. Cet examen, nous le ferons avec conscience, avec franchise, parfois avec une chaleureuse indignation contre certains passages qu'on dirait écrits sous la dictée d'un ennemi des noirs et des hommes de couleur.

M. Schœlcher a dédié son œuvre à *ses hôtes des colonies françaises* : ces hôtes sont les blancs, chez lesquels M. Schœlcher a trouvé le *confortable*. C'est pourquoi, comme il le dit, il leur adresse son livre, ayant soin d'ajouter : *Aussi bien n'est-ce qu'une dette acquittée, sans vous je ne l'eusse pu faire.* Aveu précieux et qui fait préjuger l'œuvre.

Nous prenons soin de citer textuellement ces premiers mots du livre de M. Schœlcher, pour qu'on voie aux dépens de qui M. Schœlcher acquitte la dette de l'hospitalité qu'il a reçue des blancs.

Avant tout, quelque soit la sévérité de notre critique, nous déclarons hautement que nous sommes d'accord avec M. Schœlcher sur le principe de l'abolition de l'esclavage, principe que personne ne conteste aujourd'hui et que les colons eux-mêmes ont concédé à M. Schœlcher, ainsi qu'il nous l'apprend, et certes ce n'était pas la peine d'aller si loin, de traverser les mers, de risquer de se noyer pour ne nous rapporter que cette concession de principe, car nous voulons autre chose pour les noirs esclaves. En notre qualité de *mulâtre* descendant de nègres esclaves, nous voulons la liberté pour eux, c'est-à-dire *l'abolition de l'esclavage pratique et non l'abolition principe*.

aussi adresser à M. Schœlcher. Le milieu dans lequel il a vécu aux colonies françaises ne lui a pas permis de s'élever à la hauteur de la mission qu'il s'était imposée, à cette impartialité d'observateur qui sait présenter les faits, les événements dans leur vérité, en appréciateur fidèle des hommes et des choses, des mœurs et des usages, avec la part de justice et de blâme pour tous et pour chacun. Nous eussions désiré trouver cet esprit d'équité dans le livre de M. Schœlcher, mais nous le disons à regret, nous n'avons rien trouvé de semblable dans ce livre. Et pourtant M. Schœlcher s'est donné la peine de traverser l'Atlantique pour aller étudier les mœurs coloniales et l'abolition de l'esclavage.

M. Schœlcher parle de choses qu'il ne connaît pas, qu'il n'a pas vues, qu'il n'a pu voir. Il répète sur les mulâtres toutes les sottises dont ses hôtes lui ont farci la tête; tout ce que M. Granier (de Cassagnac) et consorts ont déjà écrit avant lui avec infiniment plus d'esprit et tout autant de mauvaise foi. Nous regrettons d'être obligé de faire ce rapprochement entre cet abolitioniste dont nous estimions le caractère, et les écrivains salariés des colons; mais c'est par esprit de justice, car on a peu de mérite à jeter à la face de ses adversaires la vérité qui blesse, quand on n'a pas en même temps le courage de la dire hautement à ses amis. Nous disons à ses amis, parce que M. Schœlcher se dit *l'ami des noirs*, et nous sommes *mulâtre*. Dans une semblable occasion nous n'avons pas ménagé la vérité à M. Granier (de Cassagnac), nous venons la dire également à M. Schœlcher.

On peut considérer le livre de M. Schœlcher comme un mauvais livre où s'épanchent toutes les plus mauvaises passions des blancs et leur haine pour les mulâtres. C'est ce que nous prouverons. Bien que M. Schœlcher nous fasse l'honneur, dans un des chapitres de son livre, d'accorder une mention honorable à nos opinions sur la question, nous ne pouvons accepter des compliments qui nous sont personnellement adressés, lorsque toute notre classe est traitée avec mépris et dédain.

Le livre de M. Schœlcher est une espèce de transaction entre ses opinions radicales à l'endroit de l'esclavage et les opinions anti-abolitionistes de ses hôtes. Ceux-ci ont dit à M. Schœlcher: « Nous vous concédons l'abolition de l'esclavage *en principe*, car l'esclavage est une mauvaise chose.

« Nous pensons absolument comme vous, et sur le *principe*
« nous ne vous cédons en rien. Nous voulons tous, comme vous,
« la liberté des noirs en *principe*. Mais, de grâce, enseignez-
« nous le moyen de ne pas posséder des esclaves, lorsque nous
« déclarons que *l'émancipation est impossible*, que nous
« *ne la voudrons jamais* ». — Et M. Schœlcher de s'écrier :
« Bravo ! le principe est gagné, MM. Bovis, Guignod, — et nous
ne savons plus quels autres colons qu'il nomme encore, —
« veulent *l'abolition de l'esclavage en principe*. » Ah ! si jamais les noirs ne devaient jouir que de cette liberté-là, ils
pourraient dire à M. Schœlcher, dans le langage créole : « Ous
« cé yon mouton France ; nous pas vlé ça, dio passé farine, et
« pi zaffai cabrite pas zaffai mouton. » — Ce qui veut dire :
Vous êtes un bon enfant ; nous ne voulons pas de cette liberté-
là, car il y a dans ce que vous nous donnez plus d'eau que de
farine, et puis d'ailleurs, voyez-vous, les affaires du cabri ne
sont pas les affaires du mouton. Et de plus sachez une chose,
vous n'êtes pas très-habile, mais le fussiez-vous davantage...
— Selon M. Schœlcher, *les colons ne sont pas responsables de
l'esclavage* et de ses détestables suites. Sur ce point, dit
M. Schœlcher, « j'avoue que je partageais *le tort des abolitio-
« nistes*, et j'en fais excuse publiquement. C'est la métropole,
« cela est avéré maintenant pour nous, qui imposa aux colons
« leurs mauvaises idées actuelles ; qui les encouragea à l'escla-
« vage comme à la traite. — *Nous n'eûmes pas un mot à ré-
« pondre* aux colons quand ils nous dirent : « Vous nous accu-
« sez ! mais c'est vous qui nous avez donné l'esclavage, et Vol-
« taire a écrit qu'en prenant un intérêt dans le trafic de la
« traite, il a fait une bonne action et une bonne affaire. Ainsi
« c'est bien vous qui nous avez donné la servitude, et qui nous
« avez encouragés à la traite. Vous, vous seuls également, nous
« avez imposé les préjugés qui vous inspirent aujourd'hui tant
« de dégoût. Nous avions commencé à nous marier avec des
« négresses, une ordonnance, qu'il fallut même renouveler,
« prohiba ces unions, qu'autorisait notre vieux code noir de
« 1685 ; on nous les interdit comme dangereuses. Nous étions
« disposés à confier notre santé aux soins d'hommes de toutes
« couleurs, un règlement du roi, du 30 avril 1764, défendit aux
« nègres et à tous gens de couleur, libres ou esclaves, d'exercer
« la médecine ou la chirurgie, ni faire aucun traitement de ma-

« lades. Nous voulions employer des gens de couleur dans nos
« offices ; il nous en est fait défense par un arrêt du conseil
« souverain, du 9 mai 1765. Nous avions été plus loin que cela :
« mourant, nous avions laissé à des libres, le soin, l'éducation,
« la vie de nos enfants ; un arrêt du conseil supérieur, du 14
« octobre 1726, nous en empêche ; il ôte à un mulâtre la tutelle
« d'une blanche, attendu sa condition. Vous avez abaissé ainsi
« cette race à nos yeux, par tous les moyens possibles ; vous avez
« défendu à ceux qui en font partie de porter des habits pareils
« aux nôtres. Vous nous avez défendu, à nous, de leur donner
« le titre de *monsieur* dans aucune transaction écrite ou ver-
« bale ; vous leur avez fait du respect pour nous un devoir légal.
« Ainsi notre éducation, nos idées, notre vie, nos principes
« sont assis sur les lois que vous nous avez données. C'est à
« leur ombre que nous avons acquis la propriété de l'homme
« sur l'homme. C'est vous encore qui, à une époque où nous
« avions subi la cause de l'affranchissement et de ses troubles,
« avez rétabli la traite. C'est vous, toujours vous, qui nous avez
« contraints, par la même loi, à reprendre la responsabilité de
« l'esclavage. Et puis tout à coup, parce que le siècle en marchant
« a créé de nouvelles doctrines pour le *monde métropolitain*,
« voilà que vous nous traitez de cruels, de barbares, et nous mon-
« trez une indignation pleine d'horreur. Vous oubliez que nous
« sortons de vous, que nous avons été élevés au milieu de vous
« et avec vous, que nous avons pratiqué la même morale, ap-
« pris le même respect pour les lois divines et humaines. Vous
« oubliez que nos sentiments, vous les partageriez si vous étiez
« à notre place ; vous oubliez que c'est vous, en un mot, qui
« nous avez faits ce que nous sommes, qui avez aidé, protégé,
« consacré notre propriété actuelle, et vous parlez de la mé-
« connaître, *sous prétexte* qu'elle est immorale. O combien
« d'irréflexion et d'iniquité ! »

M. Schœlcher nous avoue qu'en raisonnant ainsi, « *les
« créoles ne disent pas un mot qui ne soit vrai, et qu'il n'avait
« rien de bon à leur répondre.* » — Que faut-il conclure de là ? —
Que l'esprit manque au besoin à M. Schœlcher ; que M. Schœlcher, qui trouve de forts bons raisonnements en faveur de la
liberté, quand il veut bien se donner la peine de les recueillir
dans les livres, perd la mémoire et ne sait pas en faire l'application lorsque l'occasion s'en présente. Par exemple, nous avons

parcouru d'autres écrits publiés par M. Schœlcher, avant son voyage aux Antilles, et nous avons trouvé, dans ces écrits, plusieurs bonnes choses empruntées à des auteurs, publicistes, hommes d'église, quakers, qu'il avait généreusement oubliées le jour où il n'*avait rien à répondre.* Quant aux actes de la législation coloniale énumérés par les créoles, pour prouver qu'ils ne sont pas responsables de ces actes, même des arrêtés, règlements et ordonnances faits par eux, ainsi que des arrêts des cours et conseils qu'ils ont rendus et dont ils parlent, cela prouve que M. Schœlcher n'a aucune connaissance des matières qu'il a voulu traiter, qu'il n'a jamais étudié la législation coloniale, qu'il ne possède pas les notions les plus vulgaires de l'administration des colonies, et qu'il a peut-être tort de se poser en réformateur pour laisser à ces hôtes l'avantage de dire : « L'abolitioniste est *enfoncé,* nous le croyions plus solide (1). » « Les colons ne sont pas responsables de l'esclavage. »—Et qui donc est coupable de ce crime? La métropole, vous répond M. Schœlcher. Alors donc les blancs des colonies ne descendent pas des blancs de la métropole; ils ne sont donc pas Français comme ceux-ci? Comment, lorsqu'il s'agit de demander protection, vous vous réclamez de la France, votre premier regard est tourné vers elle; lorsque vous exigez la suppression de la betterave au profit de la canne, vous invoquez le nom de Français, et lorsqu'il s'agit de vous associer à une œuvre chrétienne, lorsque la France témoigne de toute son horreur pour l'esclavage et veut l'abolir, vous résistez sous prétexte que vous n'êtes pas responsables, et c'est vous, vous seuls, qui profitez de l'esclavage. Allons donc, il n'y a que M. Schœlcher qui ne puisse pas vous répondre.

M. Schœlcher, qui ne sait pas un mot de la législation coloniale, fait l'énumération de divers règlements des administrateurs coloniaux, des arrêts des cours *souveraines*, comme on disait alors, des conseils des colonies; il amalgame tout cela de manière à ne plus s'y reconnaître, et conclut de là que les planteurs sont tous de grands innocents, qui « ont dû se cabrer « autant sous les ordonnances qui ont constitué leur société, « avec tous ses vices, qu'ils se révoltent présentement contre

(1) Des amis de M. Schœlcher, qui étaient aux colonies à cette époque, et qui, maintenant, sont à Paris, pourront le lui répéter s'il le désire.

« celles qui veulent les réformer. »Admirable manière de rai-
sonner pour excuser et justifier ses hôtes. Mais ce n'est rien
encore que cela ; on verra plus tard jusqu'où va la reconnaissance du voyageur *abolitioniste* pour ceux qui lui ont *tendu la
main*, et l'ont reçu *sous leur toit*.

M. Schœlcher, qui est très-disposé à faire bon marché des
actes de sévices de la nature de ceux qu'on a reprochés à
M. Douillard-Mahaudière, lequel tint pendant vingt-deux mois,
au fond d'un cachot de quatre pieds de haut, une mulâtresse
son esclave, est plein de fiel contre les mulâtres en général,
qui ne font mourir aucun esclave au cachot. M. Amé Noël,
cependant, qui est un mulâtre, trouve seul grâce auprès de
M. Schœlcher. «M. Amé Noël, dit-il, est un homme de mœurs
« remarquablement douces. Il n'a pas même de cachot sur ses
« deux habitations, et cependant il n'est que trop certain, mal-
« gré le scandale de son acquittement, qu'il a fait périr un es-
« clave dans les tortures. » M. Schœlcher vous raconte cela
avec le même sang-froid qu'on le lui a raconté à la Guadeloupe.

Parmi les personnages honorables de la Martinique et de la
Guadeloupe, dont M. Schœlcher s'est fait l'apologiste, et dont
il vante avec tant de complaisance les opinions abolitionistes
dans presque toutes les pages de son livre, nous en connaissons qui se sont rendus coupables de cruauté envers des esclaves. Et M. Schœlcher ne dit pas un mot de ces cruautés ;
il s'est laissé, lui abolitioniste, héberger chez ces bourreaux de
nègres ; et en leur offrant son livre, il s'exprime ainsi : « *Je
« veux qu'on sache que je vous suis attaché par ces liens de
« grave fraternité qui, aux belles époques de l'antiquité grecque
« et romaine, unissaient l'hôte à son hôte.* » Ceci peut être
très-beau en tête d'un livre ; mais un tel hommage de la part
d'un abolitioniste ne se conçoit pas.

Hâtons-nous de dire que, parmi les hôtes de M. Schœlcher,
nous en connaissons à la Guadeloupe, comme à la Martinique,
qui méritent l'hommage des abolitionistes ; mais certes ce ne
sont pas ceux qui se sont rendus coupables envers des esclaves,
des faits suivants :

C'était en octobre 1822, sur l'habitation Samarau, dans les
hauteurs de Saint-Pierre, à la Martinique. Un des *abolitionistes*
de M. Schœlcher, en compagnie de quelques-uns de ses amis,

donna la question à un noir du nom de Lapointe. Nous n'osons dire ce genre de supplice, tant il répugne, tant il soulève d'indignation. Après cette opération, le *petit abolitioniste* de M. Schœlcher se distingua par sa férocité, en frappant à la figure, des talons de ses bottes, sa victime, étendue par terre et attachée par les quatre membres. Pour terminer cette scène d'horreur, un autre colon, chef de la bande, fit sauter la cervelle de ce malheureux nègre. Deux minutes après, ces messieurs se mirent à table pour dîner. Au dessert, un des convives proposa de trancher la tête du cadavre, et de la planter au bout d'un piquet. La proposition fut acceptée et tout aussitôt exécutée.

Ce que nous disons là, nous l'avons vu, de nos yeux vu, ce qui s'appelle vu, et si M. Schœlcher pouvait un seul instant en douter, nous pourrions le lui faire certifier par plus de vingt personnes témoins comme nous de ce crime.

A la Guadeloupe, un colon que M. Schœlcher porte aux nues dans son livre, et auquel il donne un brevet d'abolitioniste, a fait mourir plusieurs de ses esclaves dans des tourments affreux. Une fois, il fit pendre par les pieds un malheureux nègre, et l'exposa ainsi suspendu à la vapeur d'une chaudière à sucre bouillante, jusqu'à ce qu'il rendît le dernier soupir.

Une autre fois, ce même abolitioniste de M. Schœlcher fit doler un de ses esclaves, avec un instrument de tonnelier appelé doloire, c'est-à-dire que ce malheureux fut pelé avec cet outil tranchant.

Nous ne livrons pas les noms de ces deux bourreaux de nègres à la publicité, parce que nous ne voulons pas courir les risques de nous faire faire un procès par ces deux hôtes de M. Schœlcher, ni qu'ils viennent nous demander de l'argent, en réparation de leur *honneur et de leur considération outragés* par la divulgation de ces actes abominables. Mais si M. Schœlcher veut prendre la responsabilité de cette publication, nous nous engageons à lui livrer les noms de ses deux hôtes, avec tous les détails relatifs aux faits de cruauté dont nous les accusons envers des noirs esclaves. M. Schœlcher ne peut se dispenser d'accepter notre proposition, car s'il a été induit en erreur en donnant pour abolitionistes des hommes qui tuent des nègres, il est intéressé plus que personne à rectifier son erreur, « car on juge avec quelque raison du procès

« par l'avocat, » et il ne faut pas que la sainte cause de l'abolition soit compromise par de faux frères. Voici un autre moyen
de connaître ces deux individus. Que le petit nombre de colons
nommés dans le livre de M. Schœlcher nous écrivent, ou s'a-
dressent à nous en personne, pour savoir qui nous avons voulu
désigner comme les auteurs de ces crimes, et nous promettons
de satisfaire aux interpellations qui nous seront adressées. On
ne dira pas que nous reculons devant *toutes les responsabi-*
lités, puisque nous indiquons les seuls moyens possibles de faire
connaître qui nous accusons. Nous insistons pour être provo-
qué à nous expliquer de la manière que nous avons dite,
pourvu que nous ne soyons pas cité en police correctionnelle, où la preuve des faits n'est pas admise, et où l'on est à
peu près sûr d'être condamné, comme cela se voit tous les jours,
pour avoir dit la vérité, parce que, dans ces sortes de matières
toutes les vérités ne sont pas bonnes à dire. — Exemple :
Adolphe est un lâche. Vous imprimez dans un journal ou
dans un écrit quelconque qu'Adolphe est un lâche. Il vous cite
en police correctionnelle. Le jour de l'audience arrive. Votre
avocat a beau démontrer qu'Adolphe est un lâche, vous n'êtes
pas admis à en faire la preuve, et vous êtes condamné à une
amende, et quelquefois à un emprisonnement, selon le degré de considération que les juges accordent à la partie plai-
gnante. — Nous sommes trop pauvre pour tenter ces sortes de
procès, c'est pourquoi nous offrons à M. Schœlcher, dans l'intérêt de ses hôtes, l'autre voie, que l'honneur de ses amis est
intéressé à accepter.

Si de ces actes de cruauté nous passons à d'autres faits étudiés par M. Schœlcher, nous le trouvons encore tout aussi
ignorant des hommes et des choses des colonies, où cependant
il a été faire une promenade, pour étudier les choses et les
hommes. Comment en effet ne pas être frappé de tout ce qu'il
raconte, comment ne pas voir que M. Schœlcher a été joué et
pris pour dupe par ses hôtes, lorsqu'on le voit narrer naïvement une foule de choses que les colons ont imaginées pour leur
plus grand amusement et se donner le plaisir de s'égayer sur
la bonhomie de M. Schœlcher? Quand nous ne citerions que
ce qui s'est passé entre M. Schœlcher et M. Lignières, avocat
à la Guadeloupe, que nous tenons du reste pour un brave
homme, mais d'humeur joviale et narquoise, comme sont

presque tous les créoles, nous donnerions la mesure de l'ex-
trême facilité avec laquelle M. Schœlcher s'est laissé jouer.
Laissons parler M. Schœlcher lui-même :

« En parcourant la Guadeloupe, nous y trouvâmes assez
« d'*habitants tout acquis au souverain principe*, pour qu'il
« nous vînt l'*idée* de les réunir et de fonder à la Guadeloupe
« une société d'abolition exclusivement composée de proprié-
« taires. Nous soumîmes le projet à M. Lignières, qui, par sa
« position prise de longue date, en était le vulgarisateur na-
« turel, et voici textuellement sa réponse :

« Une association, formée par des colons pour arriver à la
« liberté des noirs, serait assurément propre à faire faire des
« pas de géant à la question; mais vous avez dû remarquer que
« les colons sont, pour me servir de leur expression, *casaniers;*
« ils ne bougent pas de chez eux; *nous autres abolitionistes-
« colons*, nous nous prêcherions *nous-mêmes*, nous n'aurions
« que de rares auditeurs.....

« Rassurez-vous pourtant; si une association n'est pas facile
« à former, le *Cours*, notre promenade de tamarins, est là,
« et c'est là, *en place publique*, que je continuerai d'argumenter
« en faveur de notre cause et de faire des prosélytes... N'êtes-
« vous pas *tenté de rire* des choses humaines, » — demande
M. Lignières à M. Schœlcher, — « lorsque vous vous dites que
« celui qu'on vous signalait comme un mangeur de nègres est
« aujourd'hui même au nombre des abolitionistes en qui l'on
« doit avoir confiance, parce qu'il a toujours été abolitioniste?»

Ces belles paroles de M. Lignières ont gagné M. Schœlcher,
et M. Schœlcher de nous dire : « Nous espérons qu'après ce
« qu'on vient de lire, les créoles de bonne foi, encore adver-
« saires, renonceront à la négation de notre droit à parler d'a-
« bolition, sous prétexte qu'aucun de nous n'a rien à y perdre.»
Oui, va-t-en voir s'ils viennent, Jean !—Voyez-vous M. Lignières, monté sur un âne, parcourant la ville de la Basse-
Terre (Guadeloupe), au son du tambour et d'une bruyante mu-
sique, annonçant aux Guadeloupéens que lui, M. Lignières et
ses amis *propriétaires d'esclaves-abolitionistes*, vont prêcher
sur le *Cours* à l'ombre des tamarins, et sur toutes *les places
publiques*, la liberté générale, l'abolition de l'esclavage, afin
de vulgariser les principes de l'abolition et d'exciter ceux qui
ne possèdent pas des esclaves à faire faire des pas de géant à la

question, attendu que tous les propriétaires d'esclaves sont abolitionistes, et qu'ils se prêcheraient eux-mêmes s'ils formaient une *société d'abolition*, *exclusivement composée d'eux-mêmes.* — Et M. Schœlcher de battre des mains ! O digne M. Schœlcher.

Mais en voici une autre : c'est une plaisanterie imaginée par un avocat créole de Saint-Pierre (Martinique) pour l'amusement de ses amis. — Cet avocat, qui aime à plaisanter comme M. Lignières, avait fait imprimer en 1831, dans le *Journal du Havre*, que M. le général Sébastiani, étant ministre de la marine et des colonies, avait dit à la tribune de la chambre des députés que « les *patronés* ou *libres de savane* étaient des « nègres infortunés, que la barbarie des colons parquait sur « une vaste pelouse, exposés au soleil dévorant des tropiques, « sans eau, sans ombrage, et recevant quelques *oranges* pour « aliments et pour les empêcher de mourir dans cette prison « nouvelle. »

Cette plaisanterie divertit beaucoup dans le temps les Martiniquais. M. L. Maynard l'emprunta à son auteur pour amuser ses amis de Paris, et, plus tard, M. Granier (de Cassagnac) la reproduisit, après M. L. Maynard, dans la *Revue de Paris* du mois de septembre 1835. En répondant à cette époque à M. Granier (de Cassagnac) dans la *Revue des Colonies*, nous avons démontré sans réplique combien étaient fausses les paroles absurdes prêtées au général Sébastiani. Les auteurs de cette bouffonnerie savaient bien ce qu'il en était. Mais voici M. Schœlcher à qui on a raconté la chose pour ce qu'elle vaut, qui la prend au sérieux et la reproduit dans son livre, dépouillée de la forme plaisante que jusqu'ici les auteurs de cette farce avaient su prendre. M. Schœlcher, lui, ne rit pas, il ne plaisante pas, car il nous dit : ....

« Les planteurs, pour montrer *l'ignorance* où l'on est en « France des choses coloniales, rappellent volontiers *la fameuse* « *bévue* de M. Sébastiani, lequel, lors de son passage au minis- « tère de la marine, dit naïvement à la tribune que ces pré- « tendus libres (les patronés ou libres de savane) étaient des « esclaves parqués au milieu des savanes comme des bêtes de « somme. » — Et puis M. Schœlcher ajoute cette réflexion en forme de leçon : « Le fait est que, de la part d'un ministre des « colonies, le propos peut passer au moins *pour léger.* » »

Certes, si l'anecdote était vraie, c'eût été une excellente occasion de prouver que M. Sébastiani est un ignorant, et que le premier ministre de la marine et des colonies, de la révolution de juillet, celui qui, avant M. le comte d'Argout, porta la hache sur l'édifice vermoulu du système colonial, n'a pas le sens commun et ne sait pas ce que c'est qu'un *patroné ou libre de savane*. Quoiqu'il n'en soit rien, les colons ne s'en égaient pas moins sur ce que n'a pas dit M. Sébastiani, et inventent des anecdotes de cette force pour mystifier M. Schœlcher. Mais qu'un homme sérieux, qu'un homme grave comme M. Schœlcher se prête à la mystification et imprime de telles *bévues* pour enrichir de plus en plus son livre, c'est ce que nous ne concevons pas, surtout lorsque M. Schœlcher avait tous les moyens de s'assurer par lui-même de l'exactitude du fait, en le vérifiant dans le *Moniteur* ou dans les autres journaux sérieux.

Voici sur ce fait ce qui s'est passé en 1828, et non pas après la révolution de juillet. On sait qu'en 1828 M. Sébastiani n'était pas ministre; mais une *bévue* reprochée à un ministre rend le récit plus piquant, et les hôtes de M. Schœlcher n'ont point fait faute d'attribuer la *bévue* à M. Sébastiani, ministre des colonies, et M. Schœlcher de la publier sous la garantie de ses hôtes.

Dans la séance du 24 juillet 1828 on discutait le budget de la marine et des colonies, M. Sébastiani, étant député de l'opposition, prononça un excellent discours d'après des notes qui lui avaient été envoyées des colonies mêmes par le frère d'un ministre actuel qui habitait alors une de nos îles des Antilles. M. Sébastiani s'exprima dans ces termes :

« Dix mille patronés existent à la Martinique dans un état « incertain et précaire. Ces patronés sont ou des noirs qui ont « reçu la liberté, mais qui n'ont pu payer la somme imposée « à leur émancipation, ou d'anciens esclaves que des maîtres « humains et généreux ont affranchis, hors de la limite des af- « franchissements. Confiés à des fidéi-commissaires qui doivent « protéger et maintenir leur liberté, ils appartiennent fictive- « ment à des maîtres nouveaux qui sont leurs *patrons* : et « de là dérive le nom de *patroné*. Répandus dans les sa- « vanes qu'ils cultivent, et où ils se procurent une existence « incertaine et péniblement acquise, libres de fait, qu'ils de-

« viennent de droit, qu'ils puissent s'attacher à ce sol qu'ils
« cultivent, etc., etc...... »

Il y a loin, comme on voit, de ces paroles du général Sébastiani à la *bévue* que lui prête M. Schœlcher. Mais que dirait
M. Schœlcher si nous lui prouvions que ses hôtes, sans lesquels,
dit-il, il n'aurait pu écrire son livre, ont mis sous sa plume
plus d'une *bévue*, et qu'il les a enregistrées sur ses tablettes de
voyage, et que de plus il les a imprimées et en a orné presque
toutes les pages de son livre, à peu près comme cet employé
supérieur des finances que le gouvernement avait envoyé il y
a quelques années aux colonies, et qui, comme M. Schœlcher,
passa son temps à se faire mystifier par les créoles au lieu de
faire sa besogne à lui tout seul. Voici ce que les colons ra-
content de ce commissaire des finances : « Ce commissaire
« passait son temps sous les ombrages des mornes, demandant
« des notes pour son rapport. Un mauvais plaisant adressa au
« commissaire une note dans laquelle il exaltait les avantages
« que présenterait le commerce des laines des moutons des An-
« tilles. Le commissaire imprima la note et s'en fit honneur ;
« ce qui a fait la joie des rieurs martiniquais, par la raison que
« l'agent du gouvernement prouvait qu'il avait parlé des
« choses sans les savoir, parce que les moutons des Antilles
« sont tous à poil ras. »

Ce qui est arrivé à ce commissaire dans une seule occasion
est arrivé à M. Schœlcher sur toutes les habitations qu'il a vi-
sitées aux Antilles françaises, et avec tous ses hôtes, ainsi qu'on
a déjà dû le voir et qu'on va le voir encore. Voici ce qu'un colon de la Guadeloupe fait dire à M. Schœlcher : « M. Bouvier,
« jeune habitant créole de la Guadeloupe, plein d'idées géné-
« reuses, fait travailler son atelier avec des *gants*, afin de pré-
« server les mains de ses nègres des *piquants* attachés aux
« feuilles de cannes. » Cette plaisanterie du Guadeloupéen vaut
bien celle du Martiniquais, sur le commerce des laines des
moutons à poil ras, car les feuilles de cannes n'ont point de *piquants*, mais un duvet presque imperceptible qui s'attache à
la peau quand on passe la main par-dessus à rebours.—Et d'une.

En voici encore une autre, que nous lisons à la page 15 du
livre de M. Schœlcher :

« A la Basse-Pointe (Martinique), le jour de la fête du bourg,
« il nous fut dit que pour la célébrer, l'atelier de la sucrerie

« Gradis, où nous nous trouvions, avait tué *dix-sept cochons* et
« cinq *cabris*. Le commandeur donnait à dîner; sa table était
« de *vingt couverts*, avec nappe et verrerie un peu ramassées de
« côté et d'autre. M. Auguste Bonnet, il est vrai, qui dirige
« cette habitation est un homme d'une haute et bienveillante
« humanité. » *Dix-sept cochons* et *cinq cabris* pour un repas
de *vingt* personnes! c'est à peu près un cochon, et de plus le
quart d'un cabri par convive. Quels Polyphèmes que les nègres
de l'habitation Gradis! C'était bien le cas de faire intervenir
la haute et bienveillante humanité de M. Bonnet pour empêcher ces esclaves d'avoir des indigestions; mais ce n'était pas
nécessaire, car il n'y a pas d'hommes plus sobres que le nègre; et cependant M. Schœlcher a enregistré cette mauvaise
plaisanterie dans son livre.—Et de deux.

Ce n'est pas tout. On a fait croire à M. Schœlcher que,
par suite des anciennes ordonnances qui défendaient aux esclaves de porter des souliers, « l'usage a fini par créer un
« goût, et bottes et souliers ne sont aujourd'hui, pour les escla-
« ves ou les *libres*, qu'un objet de luxe. Il n'est pas rare de ren-
« contrer des hommes habillés qui portent, par vanité, des
« souliers à la main, et n'en ont pas usé une paire en leur vie. »
M. Schœlcher prend soin de nous apprendre, qu'on entend par
libre, le nègre ou le sang mêlé, le blanc ne pouvant jamais être
esclave.

Il y a de vrai dans tout ceci, que les esclaves seuls ne portent pas de souliers ; par la bonne raison que les maîtres qui
leur donnent des *gants* pour préserver leurs mains des *piquants*
des feuilles de cannes, ne leur donnent pas de souliers pour
les préserver des piqûres plus graves qui entraînent le *tétanos*
et d'autres maladies avec la mort au bout. Quant au goût des
bottes et souliers, qui n'est pour les *libres* qu'un objet de
luxe, M. Schœlcher a été encore une fois complétement mystifié
en enregistrant ce fait dans son livre. — Et de trois. — Quand
nous serons à dix nous ferons une croix.

M. Schœlcher raconte, avec une naïveté étonnante, que ses
hôtes lui ont dit que : « avant la reconnaissance des droits po-
« litiques, les hommes de couleur libres étaient les clients des
« patriciens à peau blanche, et qu'aujourd'hui patrons et
« clients se haïssent et se méprisent. » M. Schœlcher fait re-
monter la date de cette haine et de ce mépris réciproques à la loi

d'avril 1833, qui en abolissant les distinctions établies par l'ancienne législation coloniale, a reconnu les droits politiques des hommes de couleur. Selon M. Schœlcher, « avant ce grand évé-
« nement, il s'était formé une espèce de *Société romaine* aux
« colonies. Presque tous les libres étaient attachés, sous forme
« de clientèle, à quelques blancs qui les soutenaient; de-
« puis, les blancs irrités ont retiré leur protectorat et ne font
« travailler qu'à la dernière extrémité cette caste rivale. »
M. Schœlcher ajoute: « Le mulâtre, M. Jouannet, entrepre-
« neur, à la Pointe-à-Pitre, n'a presque plus d'ouvrage de-
« puis qu'on l'a vu faire de ses trois fils deux médecins et un
avocat. »

Nous répondrons à M. Schœlcher, que le mulâtre, M. Jouannet, n'a jamais dépendu d'aucune *Société romaine* qui le pro-
tégeât; et que, bien avant la loi d'avril 1833, les trois fils Jouannet faisaient leurs études en France ; qu'à notre arrivée à Paris
en 1827, nous les avons trouvés au collège Henri IV, où ils
ont fait leurs humanités. Nous pouvons de plus affirmer que
nous n'avons jamais ouï parler de la *Société romaine* de
M. Schœlcher, bien que nous soyons né dans une colonie des
Antilles, et que nous ayons quitté notre pays à un âge où on ne
perd pas facilement souvenir des choses qu'on a vues; que
cette *Société romaine* n'a jamais existé à la Martinique, et
qu'elle n'a pas existé davantage à la Guadeloupe, avec laquelle
nous avons eu des relations suivies, avant la loi d'avril 1833,
pour tout ce qui touche aux droits et aux intérêts politiques
des nègres et mulâtres libres et esclaves. Cependant, nous nous
sommes enquis de ce qui pourrait y avoir de vrai dans l'existence de la *Société romaine* de M. Schœlcher pour la Guiane-
Française, auprès de M. Leblond, homme de couleur, de
Cayenne, qui se trouve à Paris en ce moment ; il nous a répondu n'avoir jamais connu cette société, et c'est pour la
première fois qu'il en entend parler. Pour notre colonie de
l'Inde, nous nous sommes adressé à M. Houat, homme de
couleur, de Bourbon, qui nous a fait l'amitié de nous répondre
par ces mots qu'il a mis en marge du livre de M. Schœlcher :
« Je ne sais où M. Schœlcher a pris cela, toujours est-il que
« ce n'est pas vrai pour Bourbon. » — Maintenant, dans quelle
colonie a existé la *Société romaine* de M. Schœlcher? Serait-ce
par hazard au Sénégal ou à Chandernagor? à Saint-Pierre de

Miquelen ou aux îles Marquises ? C'est ce que M. Schœlcher voudra bien nous dire.

Voici une autre bévue qui va égayer les habitants de la ville de Fort-Royal, à la Martinique. Écoutons M. Schœlcher :

« Trois à quatre cents nègres et négresses sauvés de la traite « ont fondé, tout à côté du Fort-Royal, un petit village appelé « le *Misérable*. Il n'est point d'établissement, de cases sur les « habitations qui ne soient au-dessus de ce qu'on voit là. Ces « malheureux, sous le plus beau ciel du monde, végètent au « milieu de flaques d'eau croupissante, de boue et de fétides « émanations qui s'élèvent des *parcs à cochons* attachés à cha-« que cabane. Presque séparés du reste de la population, ils « parlent les idiomes de leurs divers pays, et l'on prétend qu'ils « *veulent refaire l'Afrique.* »

Le petit village appelé le *Misérable* n'a pas été fondé par les nègres et négresses sauvés de la traite. Cette espèce de faubourg de la ville de Fort-Royal existe depuis la fondation de cette ville, et ce n'est pas à cause des nègres et négresses sauvés de la traite qui l'habitent, qu'on l'appelle *Misérable*; mais par l'habitude qu'on a aux colonies, comme en France, de donner souvent aux choses les noms les plus opposés, et qui leur ressemblent le moins. Pendant la guerre, on appelait le *Misérable*, le *polygone*, parce qu'on y avait élevé des terre-pleins, des batteries, où l'on tirait à la cible le canon et le mortier. Tour à tour, ce lieu a donc pris le nom de *Misérable* ou de *Polygone*. Et loin que ce soit à cause des nègres et négresses de traite qui habitent le *Misérable* que ce faubourg porte ce nom, on a vu plusieurs propriétaires de la ville y chercher souvent un lieu de retraite et d'agrément. M. Klosser, riche négociant hollandais, y avait sa *villa* ; après lui, M. Auger, négociant français, y eut sa petite maison de plaisance ; et plus tard, nous avons vu s'établir au *Misérable*, le major-général, de Laval, général au service de l'Angleterre, qui y avait sa petite habitation de campagne, où l'on ne parlait pas, nous en convenons, le français du livre de M. Schœlcher, mais où l'on ne cherchait pas plus qu'aujourd'hui, à refaire l'Afrique, comme on l'a fait croire à M. Schœlcher.

Si de ces bouffonneries nous passons aux choses sérieuses, nous allons trouver encore M. Schœlcher tout aussi bien disposé à se laisser mystifier.

II.

La célèbre affaire des déportés de la Martinique, qui fit tant de victimes, et à laquelle s'attache le nom d'un avocat, aujourd'hui membre de la première cour du royaume, est, selon M. Schœlcher, un acte de libéralisme qui prouve en faveur des bonnes dispositions des colons pour l'affranchissement. Laissons parler M. Schœlcher :

« Lors des fameuses affaires de 1823 (c'est un mulâtre même « qui nous en fit l'observation, dit M. Schœlcher), les blancs « montrèrent un acharnement épouvantable ; à les en croire, il « eût fallu déporter toute la *couleur*, elle conspirait, il n'y avait « pas de repos possible à moins. Une fois la déportation déci-« dée, tout à coup et comme par *enchantement* il ne se trouva « plus que des innocents, chaque blanc venait à l'autorité *recom-« mander* tel, tel et tel. « Oh ! ceux-là, je les connais, ce sont « des hommes calmes, raisonnables ; » — « Ne renvoyez pas « celui-ci, il a toujours vécu dans ma famille, j'en réponds. » « — Ne craignez rien de ces deux autres, ils étaient, j'en con-« viens, mêlés aux troubles, mais ils sont jeunes, et m'ont pro-« mis meilleure conduite. » — « En un mot, ajoute M. Schœlcher, « parmi ces libres qui, en masse, méritaient tous la corde, pris « un à un, il n'y avait plus de coupables ! » — Et M. Schœlcher part de là pour conclure que *l'émancipation ne sera pas si dif-« ficile* qu'on le croit, parce que *les colons français ont la fi-« bre fine et de la bonté.* »

Or, de tout ce radotage, il résulte que M. Schœlcher a été pris pour dupe sur ce fait, comme sur tous les autres. Dans l'affaire de 1823-1824, où nous avons joué le rôle de principal accusé, il y eut plus de cinq cents personnes arrêtées et déportées sans jugement, ou forcées simplement de quitter la Martinique. M. Schœlcher nous concédera, nous l'espérons, que nous con-naissons cette affaire mieux que lui, et mieux que celui qui s'est amusé de sa naïveté. Nous rappellerons à M. Schœlcher ce que tout le monde sait à la Martinique : que le fils Germain Saint-Aude fut déporté à la place de son père, lequel, de désespoir, s'était noyé en se jetant à la mer, du bord de la frégate *la Con-*

stance, sur laquelle il était prisonnier avec ses compagnons d'infortune. « *Nous rendrons la liberté au fils quand le père reviendra* » ont dit les colons de Saint-Pierre. Dévoré par les requins, le père ne revint pas, et Saint-Aude fils fut déporté au Sénégal! Sidney Decasse, instruit que des ordres d'arrestation sont livrés contre lui, se cache pour laisser passer l'orage, son frère Montrose Decasse est arrêté à sa place.

« Si ce n'est toi c'est donc ton frère,

« Ou bien quelqu'un des tiens... »

Mais Sidney se présente, il est arrêté à son tour et déporté, ainsi que son frère, Montrose! Jacob Lebrun, négociant, au quartier de la Trinité, et Francisque, mécanicien, au quartier de la Basse-Pointe, sont l'un et l'autre déportés, sans qu'ils aient pu obtenir le paiement de sommes considérables qui leur étaient dues par le magistrat créole, qui ordonnait ces déportations sans jugement! Thébia et Lériché, négociants à Saint-Pierre, sont également déportés administrativement de la colonie, parce qu'ils arrivaient de France, précisément au moment de la déportation de leurs frères de race! Hippolyte Zenne, habitant du François, et Millet, riche négociant et propriétaire à Saint-Pierre, n'en sont pas moins frappés de cette proscription que devaient leur épargner leurs infirmités; ils sont l'un et l'autre déportés sans jugement! On reprochait à Millet une lettre écrite à un de ses amis, et trouvée dans les papiers de celui-ci, dans laquelle on lisait ceci : « Je vous constitue mon *procureur* « *général,* vous avez remporté une victoire sur l'ennemi. » Il s'agissait d'un recouvrement que ce *procureur général* avait fait pour le compte et au profit de Millet, sur un blanc qui avait pour habitude de ne pas payer ses dettes. Léonce, pour avoir répondu aux impertinences d'un *blanc insolent envers lui mulâtre,* était en prison depuis environ trois semaines, subissant une condamnation correctionnelle à un mois. Arrive la déportation de ses frères, il est déporté avec eux à raison du fait pour lequel il subissait déjà une peine! Valère Damian, habitant propriétaire à Sainte-Marie, fut déporté à l'étranger, parce qu'en donnant l'hospitalité à un blanc, sur son habitation, au milieu de la campagne, on lui reprochait *d'avoir eu l'audace,* lui et sa famille, de *s'asseoir chez lui* à la même table que ce blanc!

Volny, pour avoir réfuté une brochure de M. R. Lucy, pro-

cureur général, laquelle réfutation était restée inédite, le manuscrit ayant été trouvé dans les papiers de l'un de ses amis,
Volny fut condamné aux *galères à perpétuité !* Enfin,
M. Fabien fut également condamné aux galères à perpétuité
pour avoir commis l'indiscrétion de décacheter une lettre
adressée au procureur du roi du Fort-Royal. Plus tard, le père,
la mère, l'oncle de M. Fabien sont arrêtés, mis aux fers et au
cachot, sa femme, malade, gardée à vue par un gendarme,
qui fait faction dans sa maison, parce que M. Fabien s'était
sauvé de sa prison après sa condamnation; il est arrêté, on met
en liberté son père, sa mère et sa femme, mais son oncle
Jean Fabien est déporté de la colonie, parce qu'on s'est
rappelé que quelques mois auparavant, celui-ci avait ren-
voyé une lettre à un blanc, négociant à Saint-Pierre, laquelle
lettre portait en suscription : *à Jean Fabien, mulâtre libre,*»
en faisant dire à ce négociant que lorsqu'il lui arrive de lui
écrire, il ne met pas pour suscription à ses lettres : *à J. Blanc,
banqueroutier !* Des vieillards respectables, comme MM. Bel-
lisle-Duranto et Demil furent condamnés par arrêt de la cour à
la déportation; *leur crime était* d'avoir signé des pétitions au
roi, à la chambre des députés et au ministre de la marine et des
colonies! Des femmes même furent arrêtées et déportées sans
jugement, sans qu'on pût articuler la plus légère accusation
contre elles !—Voilà ce que M. Schœlcher appelle *recommander
tel, tel et tel.* Nous ne savons pas si M. Schœlcher a voulu faire
un calembourg, pour imiter un de ses hôtes qui nous disait dans
une brochure, que décidément nous voulions *être remarqué*
parce que nous approuvions et encouragions, en 1830, comme
nous approuvons et encourageons encore aujourd'hui, les esclaves qui se sauvent des colonies françaises pour aller jouir de
la liberté à l'étranger.

Dans tous les cas, nous ne pouvons voir comme M. Schœlcher,
dans l'épouvantable affaire de 1822-1824, ni *la fibre fine* des
colons ses hôtes, ni une bien grande *bonté* pour le fait de nous
avoir *marqués,* condamnés aux galères et à la déportation.
Et quoi qu'en puisse penser M. Schœlcher, nous ne dirons pas
avec lui, à propos de cette affaire : « En vérité, les créoles ont
« de la *bonté,* malgré leurs farouches passions, tout n'est que de
« premier feu, et leur haine n'a aucune ténacité. » — Bon
M. Schœlcher !

Telle est la manie de M. Schœlcher et sa confiance en lui-même, qu'il ne veut jamais croire qu'il puisse se tromper, ni être joué. Il parle d'une lettre qui lui a été écrite à la Martinique par un noir esclave, le seul peut-être qui ait dit vrai à M. Schœlcher, et qui n'ait point cherché à se moquer de lui. Voici la lettre de cet esclave :

« Monsieur, c'est pour vous dire qu'on vous trompe que j'écris.

« Vous êtes venu à ..... pour savoir si les nègres sont bien ; les « blancs vous ont fait voir que les nègres sont bien, mais les nè- « gres sont mal. Les blancs sont intéressés à vous tromper ; si « vous voulez savoir la vérité, allez voir à la case de M. ....., où « les nègres sont malheureux. Ils sont nourris comme des poules, « avec le maïs, et encore on ne donne pas toujours l'ordinaire. « Si les nègres demandent l'ordinaire, on les bat avec le fouet ; « nos poules, on les fait tuer par les soldats qui gardent les « canots ; enfin, c'est là qu'il faut aller pour voir si les nègres « sont bien.....

« Vous cherchez la vérité, et vous êtes bien loin de l'avoir « trouvée ; tous les blancs vous tromperont, et M. ..... vous dira « la vérité si vous la lui demandez ; M. ....., seul, est porté « pour nous, il sait tout ce qui se passe sur les habitations ; si « vous voulez savoir la vérité, écrivez-lui une lettre avant de « partir. Tous les blancs disent qu'ils vous ont trompé, et « M. ..... dit qu'on devrait vous doser dans un dîner.....

« Je suis un nègre esclave à M. ..... ; je ne sais pas bien écrire « comme vous voyez, mais vous me comprendrez, je l'espère ; ce « que je sais, je l'ai appris en cachette, parce que ma maîtresse « nous défend d'apprendre à écrire et à lire ; si vous ne me « croyez pas, demandez à M. ....., et il vous dira si je ne vous dis « pas la vérité. J'ai l'honneur d'être, monsieur, votre très-« humble serviteur.

« Ne m'écrivez pas ; si vous le faites, votre lettre me vaudra « vingt-neuf coups de fouet sur l'échelle, un carcan, une chaîne « et coucher tous les soirs au cachot. »

Nous ne pensons pas que M. Schœlcher ait inventé cette lettre, si elle ne lui a pas été écrite, car c'eut été se donner à soi-même les étrivières. Nous la croyons vraie, et nous croyons aussi que cet esclave n'a pas voulu abuser M. Schœlcher sur la malheureuse position de ses frères d'infortune. Mais devinez un peu les réflexions de M. Schœlcher sur les confidences que lui fait ce malheureux nègre, sur les avertissements qu'il lui donne. Tenez, lisez plutôt ces paroles de M. Schœlcher :

« Aurions-nous été réellement trompé ? *Nous ne le croyons* « *pas, car* nous avons passé des semaines entières sur des ha- « bitations ; sur quelques autres, nous avons été présenté sans « y être attendu. Tout au plus est-il vrai que nous n'avons vu « que les bonnes. Il est certain que ce qu'il nous *a été donné* « *d'observer, nous le devons à l'hospitalité des planteurs*, qui « nous admirent chez eux. » M. Schœlcher avoue cependant que « les meilleurs colons ne pouvaient le laisser pénétrer au cœur « des choses, » c'est-à-dire s'asseoir dans les cases, comme aurait dû le faire, pour y écouter les confidences et les vœux des esclaves, ainsi qu'il écoutait les discours des maîtres. M. Schœlcher voit dans « ces rapprochements entre l'abolitioniste et les « esclaves, *un danger* comme effet moral sur des populations « faciles à agiter. » — Et, pour ne pas donner suite aux conseils de son correspondant esclave, il se contente de dire : « La « servitude est pleine de douleurs lentes, c'est une plaie que l'on « ne peut sonder sans faire éclater les imprécations du patient. »

Nous voyons M. Schœlcher douter qu'il ait été trompé, lorsqu'un nègre lui en donne charitablement l'avertissement ; et cependant les blancs eux-mêmes disent comme ce nègre ; ils ont avoué dans leur correspondance avec l'*Outre-Mer*, leur ancien organe, qu'a remplacé le nouveau *Globe*-Cassagnac, s'être moqués complétement de l'abolitioniste. M. Schœlcher peut lire tout ce qu'a écrit ce journal sur son voyage et pendant ce voyage aux Antilles, et il sera convaincu que lui seul ne s'est pas aperçu qu'il était pris pour dupe. Assurément, la lettre de ce nègre a cent fois plus d'esprit que tout le livre et les efforts qu'emploie l'auteur pour diminuer le mérite de cette lettre sont en sens contraire de la mission qu'il s'était imposée en allant aux colonies, puisqu'il voulait tout observer, tout étudier. M. Schœlcher a savamment discuté, dans le chapitre XI de son livre, avec Virey, le physiologiste, sur l'épine dorsale du nègre, le trou occipital, le sang noirâtre, le cerveau noir ; il a parlé de Meckel, médecin prussien, d'Hérodote, de M. Noverre, médecin de la Martinique, d'Aristote, de M. Lestrade, jeune praticien de grande science, créole martiniquais, et de M. Cotterell, jeune habitant du Macouba, fort occupé aussi d'histoire naturelle à propos de la moelle épinière et du prolongement du cerveau du nègre. Dans cette discussion scientifique, il ne nous coûte pas d'être de l'avis de M. Schœlcher; nous pensons, comme lui, que la boîte osseuse du blanc ne contient pas plus d'esprit, plus de génie que la boîte osseuse du noir, et nous tiendrons le pari contre qui voudra que M. Schœlcher, par exemple, qui a l'angle facial très-ouvert, n'a pas plus d'esprit que le nègre qui lui a écrit la lettre rapportée plus haut, bien que nous n'ayons pas examiné la capacité du crâne de ce nègre, que nous ne connaissons pas, mais que nous jugeons par sa lettre, comme nous jugeons M. Schœlcher par son livre.

Lorsque les journaux publièrent des fragments de ce livre, encore inédit, nous usâmes de notre droit de critique pour rectifier quelques faits où la vérité était tronquée. Après avoir dit que le tableau qu'on y a tracé de l'esclavage colonial n'est rien en comparaison de ce que nous savons, nous qui sommes né à la Martinique, et que M. Schœlcher, dans ses promenades sur les habitations avait été reçu à peu près comme ces inspecteurs qui visitent les prisons et autres établissements publics, et dont la visite annoncée à l'avance fait tout disposer dans le meilleur ordre; prévoyant la mauvaise tendance du livre de M. Schœlcher, et espérant l'engager à modifier les exagérations d'une sotte reconnaissance envers l'hospitalité créole, nous ajoutions que les compliments que donnait M. Schœlcher à quelques colons notoirement connus comme les ennemis les plus fougueux des nègres et des mulâtres, et dans la propriété desquels il avait été accueilli, ne devaient surprendre personne, car ce sont de ces politesses que ne refuse jamais un homme bien élevé à ses hôtes. Nous arrivions à prouver à M. Schœlcher que l'auto-da-fé de seize noirs, sur la place du Lamentin, à la Martinique, qu'il attribue au grand prévôt Davoust en 1822, n'était pas vrai; car depuis le 25 janvier 1809, il n'y avait pas eu d'exécution par le feu. Que le prévôt Davoust faisait décapiter les victimes qu'il condamnait, et recevait du gouvernement colonial une prime de 40 fr. par tête. Nous rappelions les auto-da-fé qui eurent lieu en masse en 1805 et 1806, sous le prévôt Motet, prédécesseur de Davoust, et nous signalions la confusion faite de ces deux époques par M. Schœlcher, et la confusion de ces deux prévôts, dont la mémoire est également en exécration à la Martinique.

« M. Schœlcher en imprimant son livre a cru nécessaire, dit-il, de conserver le texte de sa première version. Néanmoins il a ajouté une note pour déclarer son récit inexact ; il pense avoir sans doute mal compris l'homme honorable de qui il tenait ce récit ; il convient de cette confusion de dates et de noms, et dit que l'erreur commise par lui ne fut ni de la mauvaise foi, ni de la légèreté. Mais à l'égard de nos autres observations sur ses hôtes (*colons-abolitionistes*, il nous répond dans la même note, page 134 :

« Quant aux autres redressements appliqués à notre narration, nous ne pouvons les accepter. Nous *maintenons la vérité* de tout ce que nous disons.

Maintenant que dire à un homme à qui vous prouvez son erreur, et qui vous répond : je ne puis accepter votre rectification, et qui persiste à plaisir dans son erreur.

Allez dire à M. Schœlcher que le général Bonaparte était premier consul en 1802, et qu'en 1802 on ne qualifiait pas le général Bonaparte de S. M. M. Schœlcher vous répondra encore, *nous ne pouvons accepter ce redressement*, et vite, il prendra la plume et écrira ceci :

« Dans la loi coloniale du 10 juin 1802, il est dit : S. M. a ordonné et ordonne que les nègres libres qui cachent dans leur « maison des esclaves fugitifs, recèlent ce qu'ils volent, ou sont « complices de leurs méfaits, seront privés de leur liberté « et vendus conjointement avec leur famille. » — Et puis il ajoutera : « Lorsqu'on n'étudie pas ses actes, » (ce qui fait présumer qu'il les a étudiés) « on ne peut imaginer « tout ce qu'il y avait de barbarie et d'iniquité dans le cœur « du grand Napoléon. »

Il est prouvé pourtant pour tout le monde, excepté pour M. Schœlcher, que le grand Napoléon n'était pas encore empereur en 1802, et que par conséquent il ne pouvait être qualifié de S. M. en tête des formules de lois ni coloniales ni européennes. Il est en outre prouvé qu'en juin 1802 le premier consul Bonaparte ne faisait pas de lois contre les nègres marrons pour les colonies, puisque la Martinique, Sainte-Lucie et Tabago, dans les Antilles, étaient en la possession de Sa Majesté Britannique, et non au pouvoir du premier consul de la république française. Qu'à Saint-Domingue, à la Guadeloupe et à Cayenne où la liberté des esclaves était proclamée, S. M. le *premier consul* n'avait pas à s'occuper de la loi sur les nègres

marrons, mais bien du décret du 10 prairial an X (30 mai 1802),
qui rétablit la traite, par conséquent l'esclavage. A l'Ile de
France et à Bourbon, la France n'avait non plus aucun des sou-
cis du gouvernement. Dites toutes ces choses-là à M. Schœlcher,
qui ne devrait pas les ignorer en sa qualité d'écrivain abolitioniste, il vous répondra avec un sang-froid et un aplomb
à déconcerter S. M. *le premier consul* lui-même : « Aurions-
« nous été réellement trompé ? *Nous ne le croyons pas*, car
« nous avons passé plusieurs mois à élaborer notre œuvre.
« Nous ne pouvons accepter ces redressements appliqués
« à notre narration sans faire tort à notre amour-propre,
« que nous appellerions notre *talent* d'auteur, faute d'un
« mot plus humble, comme nous l'avons dit dans notre
« préface. »

Allez dire encore à M. Schœlcher qu'il est dans la plus complète ignorance des choses qu'il raconte, et que tous les faits
rapportés par lui dans son livre, ne sont pas plus exacts que
celui qui concerne M. L. Maynard de Queille, gentilhomme de
Quercy, il vous répondra : « C'est impossible, et je maintiens
« ce que j'ai dit à savoir : le pauvre Louis Maynard, ce jeune
« fils de la Martinique qui s'était fait aimer en France, et qui
« est mort trop jeune, a été *abattu* dans un duel par le fusil
« d'un *mulâtre !* »

Et cependant il est de notoriété publique à la Martinique, que
M. Louis Maynard a été *abattu*, pour nous servir de l'élégante
expression de M. Schœlcher, par un jeune blanc créole de
Saint-Pierre, M. Thounens, qui vengea ainsi l'honneur d'une
famille blanche, dans laquelle M. L. Maynard avait voulu porter le trouble et le déshonneur (1).

M. Schœlcher n'est pas plus heureux dans ce qu'il raconte
d'un officier d'artillerie sang-mêlé, qui, dit-il, « envoyé à la
« *Martinique demanda vite à permuter, ne pouvant tolérer la
« situation gênante que lui faisait la couleur de sa peau. La
« position de cet officier était magnifique*, ajouta M. Schœlcher,
« il recula devant quelques déboires passagers. »

(1) Nous ferons remarquer le bon goût littéraire de M. Schœlcher qui,
en parlant de M. L. Maynard de Quercy, dit qu'il a été *abattu* dans un
duel, et qui, en parlant du festin donné par le commandeur de l'habitation
Gradis, à la Basse-Pointe, dit qu'on avait *tué* dix-sept cochons et cinq
cabris.

Tout ceci est de pure invention. Nous ne connaissons d'officier d'artillerie sang-mêlé, qui soit allé aux colonies que M. A. Perrinon, et ce n'est pas à la Martinique qu'il fut envoyé; son poste était à la Guadeloupe, où il est encore. La majeure du raisonnement de M. Schœlcher est fausse, la mineure est absurde, et la conclusion impertinente, comme dit le docteur Pancrace. M. Perrinon, avant de se rendre à la Guadeloupe, toucha à la Martinique, son pays natal, pour des affaires d'intérêt et de famille. Ce ne peut être le séjour momentané, ni un précédent voyage en congé dans cette dernière colonie que M. Schœlcher appelle une permutation. Voilà pour l'exactitude de ce fait. Maintenant, nous ne connaissons pas assez le caractère de M. Perrinon pour répondre de ce qu'il eût fait si le récit de M. Schœlcher était exact. M. Perrinon répondra sans doute sur la conduite pusillanime et peu digne que lui prête M. Schœlcher, et l'on saura alors à quoi s'en tenir sur tous les autres faits que publie M. Schœlcher pour ravaler le caractère des mulâtres (1).

Cet écrivain nous a fait de Douillard-Mahaudière un saint homme, un homme bon, généreux, d'une charité inépuisable; et puis il nous raconte qu'un certain Brafin, négociant à Saint-Pierre, et propriétaire d'une sucrerie à la Rivière salée, à la Martinique, a fait éprouver le supplice du fouet d'une manière horrible à plusieurs de ses esclaves. —« A la suite de ces exécutions, « dit M. Schœlcher, Brafin mit un carcan à chaque condam- « né hommes ou femmes. » Plus loin il est amené à faire l'énumération des peines disciplinaires appliquées par les maîtres; le cachot, la chaîne, la barre, les fers, le carcan, il raconte plusieurs exécutions dont il a été témoin, et finit par dire : « C'est notre devoir d'ajouter que pas une seule fois « nous n'avons vu ce carcan à branches en application et ra- « rément les chaînes, quoique nos excursions à travers les « campagnes des deux îles aient été nombreuses. »

Nous avons voulu nous assurer de l'exactitude de ses observations auprès de plusieurs personnes arrivées des colonies récemment, et qui ont vu l'auteur accomplissant sa *mission abolitioniste*, aux Antilles. Il nous a été répondu que,

(1) Au moment de mettre sous presse, on nous apprend que M. Perrinon a démenti le fait.

« M. Schœlcher ne voulait pas voir ce qui se passait autour de
« lui ; que dans l'une des villes de la Guadeloupe, où il de-
« meura quelque temps, on comptait encore pendant qu'il y
« était, plus de vingt esclaves tenus disciplinairement à la
« chaîne et au carcan par les maîtres, que ces esclaves vaquaient
« chaque jour, dans les rues de la ville, à leurs occupations ha-
« bituelles. » — Nous avons voulu savoir si c'étaient des esclaves
détenus par jugement à la chaîne de police. « Non, nous a-t-il
été répondu, des esclaves au service des maîtres. » Et on nous
citait les esclaves d'un colon boulanger qui portaient des
pains dans les maisons de la ville.

En parlant du châtiment du fouet, M. Schœlcher dit :
« M. F. Patron, membre du conseil colonial de la Guadeloupe,
« n'a pas nié les coups de fouet qu'il allonge, durant le tra-
« vail, de temps en temps aux traînards et aux paresseux.
« Les créoles sont unanimes à affirmer qu'il n'y *a pas de tra-
« vail possible* sans ce moyen coërcitif. » Mais pour faire sa
cour à ses hôtes il ajoute : « Durant nos longues courses à
« travers les campagnes, nous l'avons vu *peu remuer* (le fouet) ;
« *il est moins actif* que nous ne pensions, et l'on n'éprouve
« à le voir souvent enroulé sous le bras du chef, que l'horreur
« instinctive qu'excitent les choses hideuses. »

C'est une vieille marotte chez M. Schœlcher que sa pas-
sion pour le fouet. Déjà, dans un autre écrit publié en 1833,
il admettait, par respect pour la propriété des colons, le
châtiment du fouet. « Le fouet du colon nous fait horreur, disait alors M. Schœlcher, mais dès que vous adoptez un
« mode d'existence contraire à toutes les lois de la nature, il
« faut vous résigner à sortir des bornes de l'humanité. »
Il disait encore : « *La sagesse* de ces paroles que j'ai trouvées
« dans un vieux livre anglais, m'oblige à reconnaître que, forcé
« de *tolérer l'esclavage* pour un certain temps (60 ans), il faut
« également *tolérer le fouet. Enlevez ce moyen au propriétaire,*
« *il ne pourra plus faire travailler.* » Nous prions très-instam-
ment M. Schœlcher de nous dire la différence qu'il y a entre
sa maxime : « *Enlevez le fouet au colon, il ne pourra plus
faire travailler.* » Et la maxime de l'unanimité des créoles :
« *Il n'y a pas de travail possible sans le fouet.* »

Il faut tout dire puisque nous y sommes. M. Schœlcher con-
cluait ainsi dans son premier écrit : « Cette conséquence ab-

« solue du maintien du fouet vaut à elle seule tons mes dis-
« cours contre l'esclavage ; elle le ruine par sa base, et rend
« plus impérieuse encore l'urgence de mettre au moins cer-
« taines règles à l'arbitraire des maîtres. » Puis, pour contreba-
lancer le pouvoir des propriétaires et mettre un frein à leurs
rigueurs, il proposait ceci dans un projet de code noir, rédigé
par lui pour parodier le code de Louis XIV.

« Art. 9. Tout propriétaire ayant maltraité un esclave, *à un*
« *certain degré*, sera privé de cet esclave, forcé de vendre
« tous les autres, et déclaré incapable d'en posséder à l'ave-
« nir (1). »

Ayez l'obligeance de nous expliquer ce que cela veut dire, et
jusqu'à quel *degré* les pauvres esclaves *devraient être maltrai-
tés* par des propriétaires comme Drouillard Mahaudière et ses
pareils, pour obtenir leur liberté, ou plutôt, pour être d'accord
avec l'auteur, jusqu'à quel *degré* on pourrait maltraiter
son esclave pour que le propriétaire fût *privé* de cet esclave
et *forcé de vendre* tous les autres. Vous voyez que cet article
du code noir de M. Schœlcher n'a pas plus de sens que
son livre. — M. Schœlcher *souhaitait* aussi, pour les esclaves,
« qu'on en vînt bientôt à ne pouvoir *infliger le fouet ailleurs*
« *que dans un lieu public*, ni autrement que par l'entremise
« d'un agent de l'autorité. » C'est précisément ce genre de châtiment en place publique qui avilit l'esclave ; cette exposition
le dégrade bien plus que la correction du commandeur. Aux
colonies, l'esclave qui est fouetté publiquement est entaché
d'infamie aux yeux des autres esclaves. Le souhait de M. Schœlcher est immoral, parce qu'il expose les femmes à être fouet-
tées nues en public. Nous demandons depuis longtemps
l'abolition du fouet pour les hommes comme pour les femmes :
cela ne nous empêche pas de demander en même temps l'abolition immédiate de l'esclavage ; et si nous eussions obtenu la
suppression du fouet, depuis douze ans que nous la réclamons
pour nos frères qui souffrent encore dans l'esclavage, nous
nous serions estimé heureux d'avoir obtenu d'adoucir leur
sort, en attendant le grand jour de la liberté. On peut dire,
pour soi, tout ou rien ; mais, quand il s'agit de malheureux qui

(1) De l'esclavage des noirs et de la législation coloniale. Paris 1888. par
V. Schœlcher

souffrent et dont on connaît les souffrances, il y a de l'inhumanité à dire, comme M. Schœlcher : « Dès que vous adoptez un « mode d'existence contraire à toutes les lois de la nature, il « faut vous résigner à sortir des bornes de l'humanité. » — Non, monsieur, on peut adoucir cette existence par humanité, et travailler en même temps à rentrer dans les lois de la nature.

En parlant de l'instruction religieuse de la Guadeloupe, M. Schœlcher dit que « lors de la promulgation de l'ordonnance « du 5 janvier 1840, M. Jubelin fit connaître qu'en ce qui con- « cernait l'instruction religieuse, un arrêté prochain indique- « rait les moyens de la mise à exécution. » Il blâme avec raison la conduite de ce gouverneur, en disant que « l'arrêté était en- « core à venir au mois de novembre. »

Cela témoigne, à notre sens, du peu d'égard des autorités locales aux colonies, pour l'exécution des ordres émanés de la métropole. M. Schœlcher saisit cette occasion pour commettre encore une de ces erreurs si familières dans son livre.

« M. Castelli, préfet apostolique, attendait avec une pa- « tience toute chrétienne cet arrêté. Non-seulement M. Cas- « telli ne fait rien, mais il trouve que l'on fait trop et s'en cache « peu. »

Que dire à un écrivain qui ne veut jamais convenir qu'il se trompe ? M. Castelli n'ayant jamais été préfet apostolique à la Guadeloupe, comment a-t-il pu attendre à la Martinique, où il était préfet apostolique, un arrêté du gouverneur de la Guadeloupe pour l'exécution de l'ordonnance du 5 janvier 1840 ? M. Castelli n'a peut-être pas fait à la Martinique tout ce que lui commandait sa mission évangélique; mais il faut rendre à César ce qui est à César, et ne pas mettre sur son compte ce qui regarde M. Lacombe, préfet apostolique de la Guadeloupe.

Plus loin, M. Schœlcher attribue encore à M. Castelli une lettre qu'il n'a pas écrite, et qui est l'œuvre de M. l'abbé Lacombe. Nous nous sommes demandé pourquoi cette substitution, et nous avons trouvé la réponse dans la légèreté avec laquelle l'auteur a recueilli tout ce qu'on lui a dit aux colonies.

M. Schœlcher dit ailleurs : « Nous avons regret de le dire, « mais nous jugeons qu'il n'y a pas de bons prêtres aux colo- « nies. Ils acceptent tous le fait esclavage; ils n'y ont rien chan- « gé, rien modifié; ils ont tous peur de se faire embarquer; « ils ne veulent point s'exposer à souffrir pour la vérité; ils vi-

« vent tous chez les maîtres, au lieu de vivre avec les esclaves. »

Nous ne dirons pas, avec M. Schœlcher, qu'il n'y a pas de bons prêtres aux colonies; mais nous dirons que les bons prêtres sont rares aux colonies, car il y en a ; et il ne faut pas les décourager, en frappant du même anathème les bons et les mauvais. Les bons prêtres qui n'acceptent pas le fait esclavage, mais qui subissent ce fait, sont traqués d'ordinaire par les hôtes de M. Schœlcher, par ces *colons-abolitionistes* de la façon de M. Schœlcher, et ils sont *chassés* des colonies; mais nous en connaissons qui n'ont pas eu peur d'*être embarqués*. Quant à la facon de vivre des prêtres aux colonies, ceux qui aiment le *confortable*, et qui n'ont d'*abbé que le nom*, comme M. l'abbé Angelin, vivent comme a vécu M. Schœlcher, *abolitioniste*, chez les maîtres (c'est le plus grand nombre, nous en convenons) ; ces prêtres sont de *bons prêtres* pour les hôtes de M. Schœlcher, qui les choient, les protègent et les enrichissent; les autres, qui sont appelés *mauvais prêtres* par les amis de M. Schœlcher, fréquentent les mulâtres, visitent les esclaves, les consolent et leur prêchent la résignation ; ils ne cherchent pas, par leurs discours ni par de mauvais livres, à diviser les noirs et les mulâtres, car ce n'est pas la mission des apôtres du Christ, ni non plus la mission des véritables abolitionistes. Ces prêtres, qui sont de *bons prêtres* pour les opprimés, pour les nègres et pour les mulâtres, sont renvoyés en France, et ne sont pas accueillis sous le *toit hospitalier* des colons.

Nous avons vu M. Schœlcher substituer M. Castelli à M. l'abbé Lacombe; maintenant, il va transporter l'habitation de madame Caritan, de la Martinique à la Guadeloupe. « Lors des « premières évasions qui suivirent l'affranchissement des « îles anglaises, quatorze individus de la même famille, appar- « tenant à *l'habitation Caritan*, de Sainte-Anne-Guadeloupe, « résolurent d'aller chercher la liberté. Savez-vous ce qui com- « promit la fuite presque assurée de ces quatorze personnes « ensemble ? C'est qu'elles emportaient leur aïeule attachée « sur une chaise ; une paralytique de quatre-vingt-sept ans. » Nous n'avons rappelé ce fait, que pour prouver avec quelle légèreté le voyageur abolitioniste a recueilli ses observations ses notes. L'habitation *Caritan*, comme nous l'avons dit, n'est pas à la Guadeloupe, mais à la Martinique. Quand on traite de choses sérieuses dans un livre, et qu'on veut per-

suader ses lecteurs, l'exactitude des faits, comme l'exactitude
des temps et des lieux ne gâtent rien.

Encore la même ignorance dans l'affaire de 1822, que raconte
M. Schœlcher. Ecoutons-le sur la révolte des esclaves du Carbet, à la Martinique.

« En 1822, *vingt nègres* du Carbet croient le moment op-
« portun : ils tuent, *ils brûlent*, et *sept* d'entre eux paient de
« la vie leur espoir intempestif de secouer le joug. »

Eh! mon Dieu, pourquoi tenir à écrire tant de pages lorsqu'on est si mal renseigné sur les faits ! Dans la révolte des
esclaves du mont Carbet, il y eut *soixante* condamnations,
dont *vingt et une* à mort, sept par la décapitation après qu'on
aurait coupé le poignet aux patients, et quatorze par la stran-
gulation; les *trente-neuf* autres condamnations furent les
galères à perpétuité, et d'autres peines. Les révoltés n'ont rien
brûlé, et c'est ce qui causa leur défaite; ils tuèrent deux colons;
MM. Fizel et Ganat, et il y eut trois ou quatre autres personnes
blessées (1).

Vous voyez que M. Schœlcher ne sait pas le premier mot de
ce qu'il écrit. M. Schœlcher peut s'assurer de l'exactitude de
ces renseignements auprès de son hôte, M. Adolphe Perrinelle;
et, à défaut de M. A. Perrinelle, pour que M. Schœlcher ne
croie pas que nous exagérions le nombre de ces exécutions,
nous le renvoyons à M. Perrinelle, père de son ami, qui est à
Paris, et qui joua, comme son fils, un rôle judiciaire dans
cette épouvantable boucherie de nègres.

M. Schœlcher a écrit son livre à peu près comme certains
journaux écrivent, non pas leur *premier Paris*, mais ce qu'on
appelle, dans le langage de la presse, des *canards*, c'est-à-dire
les petits faits divers, susceptibles d'être démentis, et auxquels
lecteurs et écrivains n'attachent aucune importance, parce que
ces faits sont recueillis çà et là, sans examen et sans un bien
grand travail d'esprit. Quant on fait un livre, on n'écrit pas
des *canards*, parce qu'un livre, quand il est bien fait, est une
œuvre qui reste, tandis qu'un *canard* est destiné au panier.
M. Schœlcher devait faire, par respect pour son talent, ce qu'il
n'a pas fait par respect pour la vérité et pour le bon sens.

Quelques journaux ont rendu compte de ce livre, et dans

(1) Arrêt de la cour royale de la Martinique, novembre 1822.

leur ignorance des matières qui y sont traitées, ils se sont contentés de donner des éloges au talent et aux connaissances de l'auteur : affaire de camaraderie, réclames de rigueur, ainsi que cela se pratique dans la librairie (1).

Comment, en effet, les amis de M. Schœlcher, qui ont rendu compte de son livre, auraient-ils pu faire un examen sérieux et consciencieux des choses dont ils ne se doutent même pas? Quel journal pouvait signaler les nombreuses erreurs que nous avons signalées dans ce livre? M. Schœlcher parle de la Martinique lorsqu'il s'agit de la Guadeloupe, et de la Guadeloupe lorsqu'il s'agit de la Martinique. Les faits, lorsqu'ils ne sont pas controuvés ou inventés pour mystifier M. Schœlcher, sont inexacts ou tronqués. — Les badauds et les ignorants peuvent se contenter des belles découvertes de M. Schœlcher dans le nouveau monde ; mais les hommes sérieux qui connaissent les colonies, ceux qui les habitent, amis ou adversaires, ne contesteront pas, nous en sommes sûr, l'exactitude de nos redressements et de nos critiques. Arrivons maintenant à la troisième partie de cette réfutation.

(1) « Personne plus que M. Schœlcher, dit *le Siècle* du 3 avril 1843, ne « pourra se flatter d'avoir travaillé à ce grand résultat (l'abolition de l'es- « clavage), auquel il a consacré sa vie et sa fortune. » Et entre deux filets : « M. Schœlcher vient de publier chez Pagnerre deux volumes, complément « naturel de l'ouvrage dont nous venons de rendre compte. » Dans le nu- méro du 22 avril du même journal : « Les travaux consciencieux de « M. Schœlcher, et la *connaissance des faits* acquise sur les lieux mêmes, « lui permettent de *parler avec autorité* des questions coloniales. »
« Nous avons cité, dit le *National* du 11 avril, un intéressant extrait du « livre que M. Schœlcher vient de publier sur les colonies et sur *Haïti.*
« Cet ouvrage complette le travail que M. Schœlcher avait entrepris voilà « bientôt trois ans, sur le régime colonial, et qu'il a mené à fin avec un « dévouement et une persévérance *dignes des plus grands éloges.* »

Dans la première et seconde partie de cet écrit, nous avons signalé de nombreuses erreurs commises par M. Schœlcher, et nous le devions pour faire apprécier à sa juste valeur la portée de son livre.

Maintenant nous allons démontrer le non-sens de sa mission comme abolitioniste.

« Le préjugé de couleur, dit M. Schœlcher, était indispensable pour une société où l'on introduisait des esclaves d'une autre espèce d'hommes que celle des maîtres. »

Voilà le principe du préjugé posé par M. Schœlcher; il continue :

« Les colons ont reçu le préjugé; cela vient d'être prouvé. »

— prouvé par M. Schœlcher, « il n'est pas venu d'eux; » « mais ils l'ont accepté avec exagération et le perpétuent avec acharnement. »

M. Schœlcher aurait dû citer, à l'appui de son argument, l'article 13 de l'édit de mars 1642, qui concéda les îles de l'Amérique, à titre d'inféodation, à une compagnie privilégiée. Cet article porte :

« Voulons et ordonnons que les descendants de Français habitués auxdites îles, et *même les sauvages convertis à la foi* « chrétienne, soient censés et réputés *naturels français*, ca- « pables de toutes charges, honneurs, successions et donations, « ainsi que les originaires et réghicoles. »

Et puis ne pas oublier l'article 57 du Code noir, Code de Louis XIV, que M. Schœlcher attribue à ses hôtes, dans la confusion qu'il fait de toutes les lois coloniales pour démontrer que ses hôtes sont plus radicaux que les Français de la métropole.

« Leur vieux code noir de 1685, dit M. Schœlcher, autori- « sait qu'ils se mariassent avec des négresses, on leur interdit « ces unions comme dangereuses. »

Il ne fallait pas omettre non plus l'article 59 de ce code où on lit ceci :

« Octroyons aux affranchis les mêmes *droits, privilèges*
« et immunités dont jouissent les personnes libres; voulons que
« le mérite d'une liberté acquise produise en eux, tant pour
« leurs personnes que pour leurs biens, les mêmes effets
« que le *bonheur de la liberté naturelle* cause à nos autres
« sujets. »

Je défie l'impudence de M. Ferdinand Denis, de
citer le principe d'égalité le plus largement appliqué en
faveur des esclaves affranchis; cette égalité était décrétée par
Louis XIV, qui n'était pas aussi radical que M. Schœlcher et
ses hôtes, *abolitionistes-colons.*

Si M. Schœlcher s'était donné la peine d'étudier la législation
coloniale et l'histoire des préjugés aux colonies, il aurait su de
quelle manière, sous la minorité de Louis XV, on arriva aux
colonies à annihiler les dispositions libérales de l'édit de 1685.
Mais suivons pas à pas l'auteur dans ses découvertes coloniales.

« Le préjugé de couleur est presque aussi vivace que ja-
« mais, et porté à un point dont il faudra garder des preuves
« authentiques, si l'on veut que l'avenir y croie. On voit aux
« colonies des gens froids, calmes, éclairés, sans *aucune bi-
« zarrerie d'esprit,* en un mot, dans tout leur bon sens, qui ne
« consentiraient pour rien au monde à dîner avec un nègre ou
« un sang mêlé, quel qu'il fût. »

Un mot s'il vous plaît. C'est sans doute parce que M. Schœlcher est un homme *froid, calme, éclairé* et *sans aucune
bizarrerie d'esprit,* qu'il a imité lui radical, lui philanthrope, lui abolitioniste, lui négrophile, les gens dont il parle;
car, nous a-t-il été dit par des personnes dignes de foi, étant
parti de Paris avec des lettres de recommandation de la part de
quelques hommes de couleur, il s'est abstenu de faire visite aux
mulâtres à qui s'adressaient ses lettres. Il les a envoyées par son
domestique (1).

Mais par malheur pour la mission que M. Schœlcher s'était
imposée, il se trouva passager à bord du même navire que M.

(1) Nous nous hâtons de dire que M. Schœlcher qui ne nous avait rien
demandé, voulut bien se charger de nos lettres pour notre famille, et qu'il
s'acquitta avec empressement de nos commissions, en remettant lui-même
aux personnes de notre famille, les lettres qui leur étaient adressées.
Nous en avons témoigné toute notre reconnaissance à M. Schœlcher, et
nous la lui renouvelons ici.

A Perrinelle, créole de la Martinique. M. A. Perrinelle con-
vertit M. Schœlcher durant la traversée au système colonial ;
à l'endroit du préjugé de couleur, il menaça M. Schœlcher de lui
fermer sa porte et de lui faire fermer toutes celles des colons,
si M. Schœlcher fréquentait un seul mulâtre. M. Schœlcher
céda, il obéit à l'injonction insolente de M. A. Perrinelle, et
il se donne aujourd'hui les airs de se récrier contre le préjugé.
M. Schœlcher ajoute, il est vrai, pour s'excuser de ce reproche
qui lui a été adressé depuis son retour en France :

a L'hospitalité créole est si grande, si complète, si géné-
« reuse et si générale, qu'elle atteint toutes les classes : riche
a ou pauvre, artiste, ouvrier ou bourgeois, tout homme qui
a passe est reçu au salon ou à l'office du planteur ; et y reste
a tant qu'il lui plaît ; il n'y a même presque pas besoin pour
a cela de lettre d'introduction, le titre de voyageur suffit, et
a vous pouvez parcourir le pays d'un bout à l'autre pendant
a des mois entiers sans avoir une piastre dans la poche. Aussi,
a comme un aubergiste en serait pour ses frais d'installation,
a il n'existe pas une seule auberge hors des deux villes capi-
a tales. Il faut dormir au milieu des champs de cannes et vivre
a des oranges qui pendent aux arbres, ou loger et manger chez
« les planteurs. »

Voilà, selon M. Schœlcher, le motif qui l'a fait choisir exclusivement ses hôtes plutôt parmi les blancs que parmi les nègres
et les mulâtres : c'était pour ne pas dormir dans les champs de
cannes,—où personne ne dort à la Martinique de peur d'être
mordu par les serpents,—et pour ne pas vivre des oranges qui
pendent aux arbres.

M. Schœlcher arrive, après cette explication à se demander
a que devient, avec ces nobles habitudes, l'homme de la jus-
a tice ? Peut-il demander des comptes rigides à celui sous le
a toit duquel il a reposé ? Sortira-t-il de votre tente, souvent
a monté sur un de vos chevaux, pour aller exercer des sévéri-
a tés chez votre frère ? Impossible, » dit M. Schœlcher.

D'accord, et c'est là un mal qui n'est pas sans remède, car on
peut l'éviter en s'hébergeant ailleurs que sous le toit de ceux-là,
contre lesquels on va exercer des sévérités. Si, au lieu de poser
des questions à l'homme de la justice, M. Schœlcher s'était demandé : « Que devient avec ces nobles habitudes l'abolitioniste
qui va étudier aux colonies l'esclavage avec tous ses vices et

toutes ses horrenrs; la liberté des nègres et des mulâtres, avec tous les préjugés de couleur? » M. Schœlcher eût trouvé la réponse à ces questions dans l'étrangeté des choses qu'il a écrites dans son livre pour acquitter la dette de la reconnaissance contractée envers ses hôtes.

« On n'a pas d'idée des mœurs des créoles. Cinquante fois, « dit M. Schœlcher, il est arrivé que l'habitant, lorsqu'on lui « annonçait le procureur du roi, s'avançait jusqu'au seuil et « disait à l'officier public : — Monsieur le procureur du roi, « je vous défends de mettre les pieds sur mon habitation. « Monsieur le voyageur, si vous daignez vous arrêter chez moi, « ma maison est à vous.—Et le procureur du roi, laissant sa « toge à la porte, le voyageur entrait. Que vouliez-vous qu'il « fît? demande M. Schœlcher, il avait le soleil des Antilles sur « la tête depuis cinq ou six heures, il se trouvait à dix lieues « de la ville, et il lui en aurait fallu faire encore deux ou trois « avant d'atteindre une autre habitation, où, selon toute ap- « parence, pareille réception l'attendait. »

Ce que raconte M. Schœlcher du procureur du roi, c'est à peu près ce qui lui est arrivé à lui-même sous l'équateur au moment où il reçut le *baptême du tropique* des mains de M. A. Perrinelle. Lorsque M. Schœlcher annonça à bord le but de son voyage aux colonies, M. Perrinelle monta sur la dunette du navire qui les transportait à la Martinique, et dit à l'abolitioniste : « Mon- « sieur le négrophile, je vous ferme la porte de mon habitation « si vous voyez un seul, un seul nègre, un seul mulâtre dans « la colonie.—Monsieur le voyageur, si vous voulez suivre mes « instructions, ma maison est à votre service, et avec ma « maison celle de tous les colons. » — Et le négrophile, laissant *le principe souverain* au fond de la mer, le voyageur tran- sigea. « Que vouliez-vous qu'il fît?... Qu'il vécût.... d'écorces « d'orange? » Mais le négrophile avait passé le tropique, avec le soleil des Antilles sur la tête, depuis cinq ou six heures, il se trouvait à plusieurs centaines de lieues de la France, et en ce moment le navire filait dix nœuds à l'heure, grand largue, amu- res tribord et à bâbord, et il ne lui était pas possible de virer de bord. Le négrophile transigea avec le *blancophile*, et pu- blia, un beau jour, le livre que vous savez. *Comment pou- vait-il rendre compte d'une manière rigide de ce qu'il a vu sous le toit où il avait reposé!*

Nous demanderons la permission à M. Schœlcher de mettre ici sous ses yeux un passage du rapport de M. le docteur Madden, abolitioniste irlandais, que nous avons eu l'honneur de voir à Paris, l'année dernière, et chez lequel nous rencontrâmes M. Schœlcher :

« J'ai vécu *une année entière* à la Havane, dit le docteur « Madden, *avant de pouvoir m'affranchir* tout à fait *de l'in-* « *fluence des marchands-planteurs* de cette place, me former « *une opinion personnelle* et *me fier à mes propres sens* pour « *apprécier la condition des esclaves.* Ce n'est point *comme* « *ami des maîtres, voyant par leurs yeux, pensant comme ils* « *pensaient et croyant tout ce qu'ils ont grand soin de vous* « *dire, chaque après-dînée, de la félicité des esclaves,* que je « visitai les habitations, mais *ce n'est que quand je voyageai* « *seul, inconnu, sans être annoncé,* que les atrocités de l'es- « clavage terrifièrent mes regards. » —Nous livrons ces lignes à la méditation de M. Schœlcher, et à sa conscience d'homme de bien. Il trouve qu'on a tort de charger les colons d'une responsabilité qui ne leur appartient pas; « car ce qu'ils di- « sent vaut mieux que ce qu'ils écrivent, et ce qu'ils font « vaut mieux que ce qu'ils disent. » — Nous aurions peine à deviner ce logogriphe, si nous n'avions pas expliqué d'abord comment et par qui M. Schœlcher reçut le *baptême du tro-* *pique.* Mais M. Schœlcher va vous donner lui-même l'explication de son logogriphe, craignant que vous ne le deviniez pas : « On a chargé les colons d'une responsabilité qui ne leur ap- « partient pas, et il faut déplorer que la mauvaise manière dont « ils se sont défendus par *eux-mêmes* et par *leurs écrivains* « *gagés* ait trompé l'Europe sur leur compte. »

M. Schœlcher se charge de défendre les colons, qui n'ont ja- mais su se défendre, ni par eux-mêmes, ni par leurs écrivains gagés, qui ont trompé l'Europe sur leur compte. En effet, on sent de quel poids est dans la balance la défense d'un négro- phile, d'un abolitioniste non gagé qui vient éclairer l'Europe entière sur le compte des colons, propriétaires d'esclaves, ca- lomniés jusqu'ici par leurs écrivains gagés, et calomniés en- core par-dessus le marché par eux-mêmes. — Suivons donc M. Schœlcher dans la défense des colons, malgré eux :

« On aurait tort de juger de la majorité créole par des dis- « cours comme ceux de M. Mauguin, par des brochures comme

« celles de M. Lepelletier-Duclary, ou celles de M. Huc, qui
« soutient la légitimité, qui veut la perpétuité de l'esclavage
« et refuse à la civilisation le droit d'y porter la main. »

Nous ne concevons pas en vérité cette manière maladroite de
faire sa cour aux colons, et de flatter ses hôtes. M. Mauguin a
représenté les colons de la Guadeloupe, en qualité de délégué,
et il a fait des discours et des plaidoiries en faveur de ses clients,
discours tout aussi habiles que le permettait une détestable
cause. M. Schœlcher a la prétention de mieux défendre les colons, lui abolitioniste, lui qui n'est pas payé pour cela comme
M. Mauguin et les écrivains gagés de ces mêmes colons. Alors il
faut que M. Schœlcher soit un maniaque et qu'il ait une bizarrerie d'esprit *gigantesque et phénoménale*, pour entreprendre
la défense de ceux contre lesquels ses clients plaident, sous
prétexte que les avocats adverses ont gâté la cause des colons
et trompé l'Europe sur leur compte. — Tant mieux! disent les
abolitionistes avec les nègres. — Tant pis! dit M. Schœlcher.
Et M. Schœlcher vise à la succession de Wilberforce (1).

Revenons à M. Mauguin et à MM. Huc et Duclary.

M. Mauguin a dit en faveur des colons tout ce que ceux-ci
eussent dit eux-mêmes dans leur cause, tout ce qu'ils disent
aujourd'hui. Et depuis plusieurs années que M. Mauguin a
cessé d'être le délégué de ces colons, nous ne sachions pas que
la majorité créole ait été convertie à la foi abolitioniste, quoi
qu'en dise M. Schœlcher à qui cette majorité créole a concédé
l'abolition de l'esclavage en principe. Nous pouvons assurer
que M. Mauguin n'y tient pas, et qu'il serait prêt à faire la même

(1) *Wilberforce!* Nous ne nous serions pas permis cette irrévérence
ni cette plaisanterie, si nous ne l'avions pas trouvée imprimée dans une
Revue rédigée par les amis de M. Schœlcher, Revue qui était parfois les
élucubrations de M. Schœlcher. Le *Wilberforce français*, a dit cette
Revue en parlant de M. Schœlcher à l'occasion de son livre, M. Schœlcher
n'ayant pas réclamé contre cette mauvaise plaisanterie de ses amis, nous
sommes porté à croire qu'il accepte le sobriquet. Ce n'est pas connaître
son époque que d'ignorer que les plus grands noms employés mal à propos jettent du ridicule sur ceux qui les prennent, ou sur ceux à qui on
les donne. Si M. Schœlcher tenait absolument à un surnom abolitioniste
et négrophile, plus négrophile et plus abolitioniste que son nom *peu connu*
par son audace abolitioniste et négrophile, il en eût trouvé parmi les noms
dont la France s'honore, les Grégoire, les Brissot, fondateurs de la première société des amis des noirs, sans recourir à un nom anglais.

concession à M. Schœlcher; car en 1835 M. Mauguin, au nom
de ses clients, adressait ces paroles aux abolitionistes : « Dans
« la question d'émancipation des esclaves, savez-vous ce qu'il
« y a de différence entre vous et les colons ? C'est que les co-
« lons sont prêts, et que vous ne l'êtes pas, vous, ni les es-
« claves non plus (1). »

Vous voyez que M. Mauguin voulait plus que le *principe
souverain* de M. Schœlcher, il voulait la chose même; et d'accord cependant avec M. Schœlcher, il prouvait à l'univers,
comme M. Schœlcher prouve aujourd'hui à l'univers, que les
colons sont plus abolitionistes et ont des idées plus radicales
que les plus grands abolitionistes et radicaux de France.

Quant à M. Duclary et à M. Huc que M. Schœlcher met en
opposition avec la majorité *créole-abolitioniste*, nous nous
contenterons de dire à M. Schœlcher que MM. Huc et Duclary
sont les coryphées de la majorité créole de la Martinique. C'est
par M. Huc et par sa protection que tous les emplois s'obtiennent dans la colonie, et Dieu sait quels gens les obtiennent
ces emplois ! Demandez plutôt à M. Jollivet, délégué de M. Huc
et des amis de M. Huc. — Pour M. Duclary, *cervelle timbrée,
magistrat atteint d'aliénation mentale, Minos de Charenton,*
comme l'appelle M. Théodore Lechevalier, du *Globe* ; pour
M. Duclary, disons-nous, la meilleure réponse que nous puis-
sions faire à M. Schœlcher, c'est que la métropole, c'est-à-dire
la FRANCE, a destitué M. Duclary, à cause de ses fureurs *anti-
abolitionistes*, des fonctions de président de la cour royale
qu'il occupait à la Martinique, et que la *majorité créole abolitioniste* de M. Schœlcher, pour faire pièce à la France, a
voté des adresses de congratulation à M. Duclary, adresses qui
ont été publiées dans tous les journaux à la solde de cette majorité. Voici quelques passages de ces adresses :

« Les colons vous prient d'être bien persuadé qu'à leurs
« yeux les *décisions de la métropole seront impuissantes*
« pour vous faire perdre le rang éminent auquel vous placent
« toujours votre caractère et vos talents..... — Les colons n'ont
« pas été étonnés de la *destitution brutale* qui punit votre dé-
« vouement à votre pays...... — Vos *ennemis et les nôtres* se
« sont trompés ; ils vous ont élevé en croyant vous abaisser.....

(1) Discours à la chambre des députés, séance du 22 avril 1835.

« — Il est des *disgrâces plus honorables* que des faveurs, et
« celle qui vous a frappé n'a pu que vous élever... — La ma-
« nifestation loyale de vos opinions vous a mérité cette dis-
« grâce, mais *cette disgrâce ne fait que vous honorer* et ajou-
« ter à l'estime et à la considération dont vous jouissez parmi
« nous... »

Voilà ce qu'écrivait, il n'y a pas encore deux ans, cette *majorité créole-abolitioniste* dont nous parle M. Schœlcher.
Cette même *majorité créole abolitioniste* a élu, depuis, M. Duclary président du conseil colonial, en l'absence de M. Duclary,
et pendant son séjour en France, et sans qu'il ait eu besoin de
solliciter le vote de ses amis, qui forment la *majorité créole
abolitioniste* de la Martinique. Cette élection a été la mani-
festation des opinions des colons, en opposition aux opinions,
aux idées et aux réformes émanées de la France à l'endroit de
l'esclavage.

Maintenant nous demandons aux hommes de bon sens ce
qu'ils pensent de l'argument de M. Schœlcher, en faveur
des colons, des colons qu'il nous montre en opposition avec
MM. Mauguin, Duclary et Huc.

Le livre de M. Schœlcher est une véritable macédoine, dans
laquelle l'auteur a eu le talent de ne rien négliger : tout se
trouve brouillé, amalgamé avec un soin exquis. Écoutons encore M. Schœlcher ; le voilà aux prises avec M. Huc, parce que
M. Huc ne veut rien lui concéder, pas même le *principe souverain*, que les autres amis de M. Huc ont concédé à M. Schœlcher pour le calmer. M. Huc a dit : « On ne peut nous con-
« traindre à ce *que notre religion a fondé*, d'accord avec la
« puissance temporelle et législative, et sous la garantie de
« toutes les lois constitutionnelles de notre pays. On ne peut,
« sans violer le plus saint des droits, nous priver de nos pro-
« priétés, ou seulement altérer le mode de leur possession, en
« accueillant la proposition de l'affranchissement des noirs. »

M. Schœlcher répond très-énergiquement, et c'est ce qu'il y
a de mieux dans son livre :
« N'est-ce pas une chose étrange d'entendre sortir de ces
« îlots, où l'un travaille et l'autre profite, où la majorité est
« conduite à coups de fouet par la minorité, où trône l'iniquité,
« où règne la terreur ; n'est-ce pas une chose étrange d'en-
« tendre sortir de *cette société barbare* le reproche d'injus-

« tice et de violence adressé à ceux qui la veulent réformer ?
« Jamais-peut-être la civilisation n'a donné une plus grande
« preuve de son respect pour la propriété ; l'intérêt colonial,
« avec l'humanité, gagneraient à ce qu'on dépossédât les
« maîtres d'une possession monstrueuse ; depuis un demi-
« siècle, on diffère l'œuvre d'utilité générale, parce que l'inté-
« rêt d'une poignée de colons en souffrirait ; et ils font retentir
« l'univers de leurs clameurs ! et ils crient à l'injustice ! et ils
« disent qu'on les veut dépouiller, ceux qui ne se sentent pas
« injustes de dépouiller le nègre de sa liberté ! Dans leur folie,
« pour soutenir la perpétuation de l'esclavage, ils invoquent
« les anciennes lois qui l'autorisent, ils ne s'aperçoivent pas
« que cette immobilisation du code qu'ils veulent créer pour
« couvrir leur odieuse propriété, est l'entière négation du pro-
« grès continu ! »

Rien de plus éloquent, de plus vrai que ce langage. Ce langage, c'est celui qu'a tenu M. Schœlcher dans son cabinet, loin
du *toit hospitalier de la majorité créole abolitioniste.* C'est ce
langage qu'il eût fallu tenir à ses hôtes, au lieu de rester stupé-
fait devant les arguments saugrenus de MM. Guignod, Bovis et
consorts, et d'avouer, dans son livre même, qu'il ne *trouvait rien*
de bon *à répondre à ces colons, parce que ces colons ne disaient*
pas un mot qui ne soit vrai. Si M. Schœlcher ne pouvait retenir
par cœur une si longue tirade, il aurait pu répondre à ces messieurs par ces paroles d'un homme d'église à un partisan de l'esclavage, et que nous trouvons dans un précédent écrit de
M. Schœlcher : « Montrez-moi le contrat de vente que vous a
« passé le Tout-Puissant ; » ou avec M. de Lamartine : « Toute
« loi sociale qui reconnaît l'esclavage profane à la fois l'homme
« et Dieu ; » — ou bien un mot de M. Schœlcher lui-même, avant
qu'il ne reçût le baptême tropical : « Prouvez-moi d'abord que
« le nègre n'appartient pas à l'espèce *homme*, et je vous permet-
« trai de le faire servir à vos besoins ; » — ou bien encore ces paroles de Ch. Comte, sur le droit de propriété de l'homme sur
l'homme : « Le voleur n'est jamais vrai propriétaire de l'objet
« dérobé : » ce qui renferme tout. Cela valait mieux que de se
réfugier sous un gros arbre pendant l'orage, pour se donner les
airs de parodier l'Évangile, et de répondre par paraboles à un
colon qui vous demandait : « Mais, monsieur, pourquoi
« donc les philanthropes de Paris s'occupent-ils tant des nègres

« des Antilles ? Qu'est-ce que ça vous fait à vous que les nègres
« soient libres ou esclaves ? » — « Cet arbre qui nous abrite,
« répondit M. Schœlcher, a peut-être mis cent ans à pousser ;
« il ne put jamais prêter son feuillage contre le soleil ni contre
« l'orage à celui qui l'a planté. Telle fut notre réponse, dit
« M. Schœlcher. Nous allons laisser répondre à M. Schœlcher. »

La réponse est ridicule, car ce colon pouvait dire : Ce dont
nous nous plaignons, n'est précisément que vous prétendiez
couper l'arbre qui nous abrite. L'idée même n'est pas très-
juste, car aux colonies il n'y a pas d'arbres qui mettent cent
ans à pousser ; ceux qui les plantent peuvent, au bout de quelques années, s'abriter sous leur feuillage contre les ardeurs
du soleil ; car la nature se développe bien plus rapidement là
que dans la banlieue de Paris.

« N'est-ce pas provoquer une résistance folle, dit M. Schœl-
« cher, inutile, impardonnable, ouvrir les portes à une longue
« suite de désastres, que d'autoriser le maître à se crampon-
« ner à ses possessions humaines, en leur prêtant je ne sais
« quelle affreuse légitimité aristotélique et légale ! Heureuse-
« ment, continue M. Schœlcher, nos frères des Antilles, lorsque
« leurs passions ne sont pas excitées par l'effervescence de la
« place publique, n'épousent plus de telles doctrines. »

Il paraît qu'aux colonies françaises, les bonnes, comme les
mauvaises choses ne réussissent que lorsqu'elles sont procla-
mées sur la *place publique*, car M. Lignières, on se le rappelle,
a promis à M. Schœlcher de prêcher l'abolition de l'esclavage
sur le *Cours de la Basse-Terre, à l'ombre des tamarins* et sur
les places publiques, au lieu de former la *société abolitioniste colonie* que lui proposait M. Schœlcher.

M. Schœlcher assaisonne sa macédoine d'une petite flatterie
à l'adresse de ses hôtes, pour les mieux faire connaître en Europe, où jusqu'ici ils ont été méconnus par leur propre faute
et par la faute de M. Mauguin, leur délégué, et aussi par la
faute de leurs écrivains gagés : « Nous pouvons le dire sans
« crainte, — écrit M. Schœlcher, — sans crainte de nous être
« laissé trop impressionner par les souvenirs de l'hospitalité ;
« l'esclavage n'a pas foncièrement et par lui-même d'amis
« parmi les colons. Ils ne voudraient pas l'établir s'il ne l'é-
« tait, et n'en demandent la continuation que parce qu'ils le
« regardent comme un *mal nécessaire*. »

M. de Lamartine, dans une séance solennelle de la chambre des députés, a répondu ainsi à cet argument de *mal néces-saire* : « On a beau arguer de la *nécessité de l'esclavage*, — disait l'illustre orateur, — nous ne pouvons croire à *la néces-* « *sité d'un pareil crime permanent*. »

Nous allons laisser répondre à M. Schœlcher les colons ses hôtes, *qui, foncièrement, ne sont pas amis de l'esclavage*. Voici ce qu'ils ont proclamé à l'unanimité à la Martinique, sur la question de l'abolition de l'esclavage, et qu'ils ont dé-claré être l'opinion des 99/100 des colons de toutes les colo-nies : « La *tyrannie appelle la résistance ; nous inscrivons* « *donc sur notre drapeau : Résistance partout, résistance* « *toujours, concession jamais !* » (1) Ces paroles sont jetées à la France, qui *veut* abolir l'esclavage, et qui l'abolira en dépit de tout ce que les colons auront écrit sur leur drapeau pour se rendre ridicules.

Après avoir dit que l'esclavage n'a pas foncièrement d'amis parmi les colons, M. Schœlcher passe brusquement de ses opi-nions à celles de M. Dupuy, colon de la Martinique, à qui il fait dire : « Nous concevons tout ce que l'esclavage a d'hor-« rible ; mais que deviendront nos fortunes, celles de nos en-« fants, de nos filles, si vous nous enlevez *nos bras ?* Les noirs, « libres, ne travailleront pas : leur liberté, c'est notre ruine et « celle des colonies. » — Puis arrive le tour de M. Cotterell, ce jeune créole qui s'occupe d'histoire naturelle, et qui est pour M. Schœlcher, contre Virey, dans la discussion scientifique sur les nerfs cervicaux et la masse encéphalique du nègre et du blanc. M. Cotterell, qui a concédé à M. Schœlcher l'intelligence du nè-gre, n'est pas d'aussi bonne composition quant au *droit* de pro-priété *du blanc* sur le noir : « Je soutiens, dit-il, l'esclavage, « parce que le bien-être de ma famille y est attaché. Si *j'étais* « *Européen*, si j'eusse vécu dans le centre d'idées où vous avez

(2) *Les Colonies en 1842*, adresse du conseil colonial de la Martinique au roi. — Les colons ont fait hommage de cet écrit à M. Galos, directeur des colonies, au ministère de la marine et des colonies, et dans leur épître au directeur, ils terminent par ces mots : « Faites qu'en comptant sur votre « appui, les colonies n'aient pas une déception nouvelle à ajouter à toutes « celles dont a été dupe, jusqu'à présent, leur foi dans la justice de leur » métropole. »

« vécu, je penserais, je crois bien, comme vous. » — Ce qui est
très-clair, et ce qui veut dire que créole, M. Cotterell, soutient
l'esclavage, mais qu'Européen il l'eût condamné comme la
France.

M. Schœlcher revient à ce bon petit M. Guignod, si humain
pour les nègres, l'abolitioniste-modèle de la Martinique, d'a-
près M. Schœlcher, comme l'est M. Bovis à la Guadeloupe.
« Qu'on ne dise donc plus que nous soutenons le principe de
« l'esclavage pour l'esclavage en lui-même, — dit M. Guignod,
« — nous soutenons *notre droit* tel que la loi l'a fait, pour ne
« point *perdre la fortune, qui repose sur l'esclavage*. On
« nous commande des sacrifices à *une opinion qui n'est pas la
« nôtre,* et l'on s'indigne de *notre résistance*; c'est au moins
« injuste. L'homme ne peut posséder l'homme, soit; vous avez
« raison; mais vous m'avez permis d'acheter un homme, si
« vous voulez le reprendre pour le rendre à la société, payez-
« le-moi. La réhabilitation du principe moral ne saurait dé-
« truire le *droit créé*, le *droit que* la loi a constitué. »

« L'homme ne peut être acheté, a dit M. de Lamartine; il
peut encore moins se vendre, car la dignité humaine ne lui appartient pas; elle appartient à la race humaine tout entière. »
Mais M. Schœlcher répond à M. Guignod : « Nous sommes
« à même de l'affirmer, il est des créoles, propriétaires de nè-
« gres, qui sont *abolitionistes*. Leur âme bouillante a brisé
« les entraves que l'éducation, l'habitude et l'intérêt person-
« nel mettaient à leur propre affranchissement. Nous possé-
« dons plusieurs *manuscrits* que l'on nous a fait l'honneur de
« nous confier, et dont il ne nous est pas permis, à notre grand
« regret, de révéler les auteurs. » — Et M. Guignod, lui aussi,
a remis un *manuscrit* à M. Schœlcher.

Mais M. Schœlcher ne répond rien, car ce n'est pas répondre
à M. Guignod, qui déclare : « qu'on lui commande des sacrifices à une opinion qui n'est pas la sienne; qu'il soutient *son
droit*; que le principe moral ne peut détruire *son droit*. » Ce n'est
pas répondre à M. Guignod, que de lui dire : « Nous possédons
« des *manuscrits* qui prouvent que *les créoles propriétaires
« de nègres sont abolitionistes,* » lorsqu'il vous dit : L'*homme
« ne peut posséder l'homme,* soit; vous avez raison. Eh bien
« j'en possède, et c'est *mon droit*. » Son *droit !* Insolent ! Et
M. Schœlcher n'a pas dit à M. Guignod *l'abolitioniste* : « Le nè-

gre aussi un *droit* antérieur au vôtre : c'est sa *liberté* ; il est né libre comme vous, et votre *droit* ne peut prescrire le sien, parce qu'il n'y a pas de *droit contre le droit.* » M. Schœlcher n'a pas invoqué ces belles paroles de M. de Lamartine : « *Non*, « *la possession de l'homme n'a pas été accordée à l'homme*, « *et l'homme, en se vendant, dégrade sa dignité.* » Mais, dans sa douce béatitude, M. Schœlcher vient nous dire : « M. Guizot, que vous venez d'entendre tout à l'heure, est si bien « persuadé qu'il parle de l'émancipation avec ses esclaves. » — Pourquoi pas ? il en parle bien avec M. Schœlcher.

Dans la même page, M. Schœlcher continue sur le même ton : « L'émancipation, dit-il, a certes beaucoup d'ennemis « dans les Antilles, mais elle en a moins que l'on ne suppose ; « les colonies nous suivent involontairement, à dix-huit cents « lieues de distance, cela est vrai, mais elles nous suivent. » — Si les colonies suivent la France à dix-huit cents lieues, elles n'ont donc pas sur elle l'avantage que leur prête M. Schœlcher, d'être plus avancées sur la question de l'abolition que la France elle-même.

Encore à la même page, M. Schœlcher ajoute : « Pour tout « dire, les colons ont plus peur du mot que de la chose. Faut-« il l'avouer ? se fâcheront-ils de la révélation ? est-elle à leur « louange ou à leur blâme ? Ils se redoutent les uns les autres, « ils tremblent devant la tyrannie de leur propre opinion pu-« blique qui étouffe la voix des bons et des sages. Réunis en-« semble, ils se montent, s'échauffent, arrivent à une véritable « glorification de leur société, et refusent tout ; prenez-les tête « à tête, ils accordent sans peine, que *l'être humain n'est pas* « *destiné à vivre comme un animal*, etc. »

Ainsi donc, voilà tout ce que les colons accordent dans le tête à tête avec M. Schœlcher, rien de plus, rien de moins ; et ces mêmes colons réunis, n'accordent pas à M. Schœlcher, « que « l'être humain n'est pas destiné à vivre comme un animal. » M. Schœlcher ajoute : « Le jour où les timides ne se laisseront « pas terrifier par la majorité, ce sera une affaire finie. » Mais M. Schœlcher conclut ainsi : « *Malheureusement ce jour-là* « *est loin encore.* » — C'est ce que M. Schœlcher a dit de mieux jusqu'ici, et on avouera avec nous, pour arriver à cette con-clusion, il pouvait bien s'éviter la peine d'écrire tant de pages, en faveur des *colons abolitionistes et radicaux.*

« Ecoutons encore M. Schœlcher dans ces petites causeries,
en tête à tête avec ses hôtes. [...] il résulte que [...]

« M. Eggiman, de la Guadeloupe, avec lequel nous discutions,
s'interrompt candidement : « Mais que voulez-vous que je ré-
« ponde? vous avez le beau côté. » — Très-bien! voilà un pro-
sélyte acquis au souverain principe. [...]

« Mais voici venir un autre colon, qui dit à M. Schœlcher : Je
« respecte votre droit, respectez le mien ; et si vous ne voulez
« point le laisser exister, payez votre fantaisie en espèces, au
« lieu de la payer en phrases sur la dignité humaine. » — Et
comme M. Schœlcher est un homme bien élevé, il ne veut pas
être en reste de politesse avec les colons, M. Eggiman lui a répondu : « Vous avez le beau côté, que voulez-vous que je ré-
« ponde? » — M. Schœlcher répond à M. Guignod, qui lui
a dit : Payez votre fantaisie en espèces, au lieu de la payer en
« phrases. » — « Rien à répliquer à cela. »

« Ainsi, tout le monde est content, M. Eggiman, M. Guignod,
M. Schœlcher sont contents ; ils s'embrassent et restent d'accord sur le souverain principe. [...]

« M. Schœlcher, qui professe pour M. Guignod un saint
respect, sans doute à cause de la tendresse que nous lui avons
connue pour les nègres, revient souvent sur les opinions de cet
abolitioniste-colon, il s'extasie devant ces paroles de son hôte :
« Le droit de posséder tel morceau de terre n'est pas plus de
« droit naturel que celui de posséder un homme : ces deux
« droits sont ceux de la force légalisée par des nécessités so-
« ciales. Serai-je admis à prêcher contre votre propriété de sol
« en Europe? » — Et M. Schœlcher, extasié, de dire : « Rien à
« répliquer à cela. » — Ainsi donc, le radical abolitioniste reconnaît, au moins tacitement, la propriété de l'homme par
l'homme, comme la possession d'un carreau de terre, d'un
cheval, d'un bœuf. Que deviennent alors les déclarations de
principes du fameux programme du journal la Démocratie, dont
M. Schœlcher devait être le principal rédacteur! — Les principes
émis dans le programme de la Démocratie, ne regardent que
la France. — Ah! je comprends, c'est-à-dire les blancs, et non
pas les pays à esclaves et à nègres, [...]

« Nous avons lu quelque part cette opinion de Brissot, ce vieil
saint des noirs : « Le droit de l'homme, c'est-à-dire le droit de
« liberté est antérieur à toute constitution, ce droit est indé-

« pendant de toute espèce de pouvoir. Or, ce droit étant un
« fait, il résulte que jamais il ne peut faire, soit en France,
« soit aux colonies, la matière d'un acte constitutionnel. Au-
« cune assemblée ne peut faire, ou limiter, ou augmenter un
« droit essentiel à l'homme. »

Charles Comte, qui avait sur la dignité humaine des idées
plus radicales que M. Schœlcher, quoiqu'il ne passât pas pour être
aussi radical que M. Schœlcher, a écrit ceci dans son *Traité de
Législation* : «L'asservissement d'un homme à un autre n'étant
« pas autre chose qu'un privilége d'impunité accordé au pre-
« mier pour les crimes dont il peut se rendre coupable à l'é-
« gard du second, l'affranchissement n'est pas autre chose
« que la révocation de ce privilége. Déclarer que, dans tel pays
« l'esclavage est aboli, c'est déclarer que les délits seront punis
« sans acception de personne ; établir ou maintenir l'esclavage,
« c'est accorder ou garantir des priviléges de malfaiteurs. »

Et d'accord en cela avec Charles VI, qui « déclarait et regar-
« dait être prétendue chose et convenable de ramener en liberté
« et franchise les hommes et les femmes qui, de leur première
« création furent créés et formés francs par le créateur du
« monde. » Charles Comte dit en d'autres termes : « La liberté
« est l'état naturel de l'homme. »

Comme M. Schœlcher n'a jamais contesté que les *nègres*
soient *des hommes*, il nous permettra d'être surpris qu'il n'ait
rien trouvé à répliquer à M. Guignod, qui compare un homme
à un hectare de terre, ou à un cheval.

Les sophismes de M. Guignod plaisent tant à M. Schœlcher
qu'ils ont tourné sa pauvre tête ; il nous apprend que : « l'es-
« clavage est le malheur des maîtres et non pas leur faute, la
« faute est à la métropole qui le commanda, qui l'excita. L'in-
« demnité est donc *un droit* pour les créoles. Tout ce que l'on
« peut *avancer pour soutenir le contraire ne peut être que de
« l'injustice et du sophisme.* » — M. Schœlcher poursuit :
« *Ceux qui prétendent qu'il est permis d'arracher aux maîtres
« leur propriété noire, parce que cette propriété est et a tou-
« jours été illégitime, méconnaissent qu'elle est et a toujours
« été légale,* ils oublient que le *pacte social qui la protège ne
« peut rien défaire violemment de ce qu'il a institué législative-
« ment.*» M. Schœlcher ajoute, il est vrai, que les nègres ont le
droit de conquérir par tous les moyens imaginables leur liberté,

et nous sommes de son avis; car *les nègres n'ont pas souscrit au marché.* Mais nous n'admettons pas les concessions qu'il fait aux maîtres, d'un prétendu *droit,* car le *premier droit* est celui du nègre, sa liberté! M. Mauguin, M. Duclary, M. Huc, et tous ceux qui ont défendu, comme ces avocats, ce prétendu *droit* des maîtres, n'ont jamais tenu d'autre langage que celui que tient pour eux M. Schœlcher.

Nous ne combattons pas l'opinion de ceux qui veulent accorder une indemnité aux propriétaires d'esclaves, mais nous combattons l'opinion de ceux qui prétendent que cette indemnité soit *due,* et font dépendre l'affranchissement de cette condition. Nous disons à M. Schœlcher que ceux qui comparent un homme à une perche de terre sont aussi absurdes que ceux qui prétendent au partage de la propriété territoriale; et que ceux qui, comme nous, veulent l'abolition de l'esclavage sans d'autre condition que celle qui règle le travail et le salaire, ne sont ni des sophistes, ni des hommes injustes.

Pour excuser les colons de leur opposition, non pas *au principe de l'abolition,* car ils ont accordé ce principe à M. Schœlcher, mais des obstacles qu'ils mettent à l'application du principe, M. Schœlcher dit: — « Un homme peut dire j'aime « mieux mourir que de subir l'opération; il parle pour « lui, mais les colons ne parlent pas pour eux seuls. » — Ainsi donc voilà M. Schœlcher qui fait siennes toutes les opinions, toutes les doctrines qu'il a été chercher sur les habitations de ses hôtes des colonies; ainsi donc nous le voyons tour à tour sacrifier son idole, *le principe souverain,* et défendre par les mêmes moyens qu'il l'avait sacrifié, et se vanter après, à la page 295 de son livre, « n'avoir rien abandonné du principe souverain, » bien qu'il eût déclaré à plusieurs reprises aux colons n'avoir rien à opposer à leurs arguments, « rien à répliquer. » M. Schœlcher appelle cela « n'avoir pas craint d'entrer dans la discussion, n'avoir pas fui « devant aucune objection; parce que *par bonheur la tâche* « *était facile,* » dit-il.

Toutes les fois qu'un colon concède le *principe de l'abolition* à M. Schœlcher, il déclare que les colons en majorité sont plus radicaux, plus abolitionistes que les Français d'Europe. S'il arrive que des imbéciles entêtés ne veulent faire aucune concession à l'abolitioniste radical, alors il s'écrie:

« On le voit, les passions anti-abolitionistes sont tellement
« exaspérées et tyranniques chez les créoles, qu'ils demandent
« à signaler ceux qui osent croire le travail libre possible. *Il est*
« *bon de connaître son monde !* »

Nous avons dit que M. Schœlcher avait le mauvais goût de
brouiller toutes choses, et qu'il avait fait de son livre une espèce de
pot-pourri, croyant faire un document utile à consulter dans la
question de l'abolition. C'eût été grand dommage, au milieu de
tout ce gâchis, de n'y pas mêler le mot à la mode : « *le ministère*
« *de l'étranger.* » Mais devinez à propos de quoi M. Schœlcher
en parle? — pour adresser un compliment à ses hôtes. « Ce
« n'est pas chez les colons, dit M. Schœlcher, qu'on eût trouvé
« *sept lâches pour faire le ministère de l'étranger* (1). » — Assurément nous reconnaissons la bravoure créole, et nous n'a-
vons jamais contesté cette vertu aux créoles blancs ni à nos compatriotes d'autre couleur; nous avons même dit ailleurs :
« *les colons n'aiment pas les lâches,* » mais c'est par trop acquitter la dette de l'hospitalité que de méconnaître les faits his-
toriques, de nier que les colons aient jamais livré leur pays à
l'étranger, puisqu'ils en conviennent eux-mêmes, et que
d'ailleurs les faits sont là avec les pièces à l'appui. Bien certainement, aujourd'hui que l'Angleterre a aboli l'esclavage dans
ses colonies, et que la France le conserve dans ses possessions
d'outre-mer, il est tout naturel que les colons qui veulent le
maintien de l'esclavage, soient plus Français qu'Anglais. Mais
en a-t-il toujours été ainsi? Nous prions M. Schœlcher de nous
répondre, et de prendre la peine de lire ces quelques lignes d'un

(1) Après son voyage aux Antilles, M. Granier (de Cassagnac) imprima dans les journaux, que les hommes les plus capables de présider
une grande assemblée telle que la chambre des députés, par exemple, ne
se trouvaient qu'aux colonies. M. Granier désignait M. le général Ambert
à la Guadeloupe et M. Bernard-Fesses-Salles, notaire à la Martinique,
comme des modèles à suivre, même par MM. Rayez, Royer-Collard et Du-
pin; c'était à vous donner envie d'envoyer chercher à la Martinique et à
la Guadeloupe, MM. B. Fesses-Salles et Ambert, pour essayer leur prési-
dence. M. Schoelcher ne veut pas être moins flatteur que M. Granier, non-seulement il ne trouve des idées radicales et des abolitionistes, que parmi
les colons possesseurs d'esclaves, M. Schœlcher affirme qu'aux colonies
seules, on trouverait d'excellents ministres qui ne soient pas des *ministres*
de l'étranger.

gouverneur anglais, sir James Leith, aux colons de la Guadeloupe, qui exprimaient le vœu, en 1816, de voir cette colonie *maintenue sous le gouvernement protecteur de l'Angle-*
terre. Voici la réponse du général anglais :

« Le gouvernement de la Grande-Bretagne connaît trop bien
« les *vrais principes de l'honneur,* pour exiger que des popu-
« lations, accidentellement placées sous sa domination, *rom-*
« *pissent les liens nationaux* qui attachent tous les *hommes*
« *honnêtes à leur pays* par des *sentiments équitables et par le*
« *devoir.* »

Maintenant, si M. Schœlcher, qui devrait savoir l'histoire
des colonies, puisqu'il écrit sur les colonies, ignore ce fait,
nous en sommes fâché pour lui et pour ses doctes précepteurs,
mais s'il ne l'ignore pas, sa flatterie a été en sens inverse de ses
intentions, car il aura adressé en même temps une épigramme
au *ministère de l'étranger* et à ses hôtes, et ce n'est pas bien :
il faut être *blanc* ou *noir.*

Peu après, et pour détruire l'à-propos du mot *ministère de*
l'étranger, M. Schœlcher qui, même dans les bouffonneries qu'il
raconte, est très-grave, va se moquer des colons, lui dont les
colons se sont tant moqué. A charge de revanche. « Il est gé-
« néralement admis aux colonies, dit M. Schœlcher, que tout
« abolitioniste est un imbécile, dupe de l'Angleterre, ou un
« fourbe, vendu aux betteraviers. L'Angleterre et les betterа-
« raviers sont les *Pitt et Cobourg* des colons. » Admirable manière, soit dit en passant, d'accuser le *ministère de l'étranger,*
que de rappeler la plaisanterie de *Pitt et Cobourg.* Et de plus,
s'il est *généralement admis* aux colonies que *tout* abolitioniste
est un imbécile, dupe de l'Angleterre, ou un fourbe vendu aux
betteraviers, MM. Guignod, Bovis, et autres *abolitionistes-*
colons admettent eux-mêmes, par voie de conséquence, d'après
le dire de M. Schœlcher, qu'ils sont des imbéciles, dupes de l'Angleterre, ou des fourbes vendus aux betteraviers. Cette conclusion pourrait ne pas sembler étrange, si MM. Bovis, Guignod
et autres n'avaient si habilement et si complètement mystifié
M. Schœlcher en reconnaissant le *principe souverain,* et en
lui confiant des *manusprits abolitionistes.*

Comme M. Schœlcher se plaît parfois à se démentir lui-

même ; écoutons-le encore sur *ses colons-abolitionistes* :
« On déteste bien plus un abolitioniste aux colonies que nous ne
« détestons, en France, un possesseur d'esclaves ; on l'exècre.
« Nous voudrions voir les créoles jeter aux vieilleries leurs mau-
« vaises colères contre les abolitionistes. »

C'est encore un contre-sens dans les termes, car M. Schœlcher nous a déjà dit que foncièrement les colons sont abolitionistes ; or, les colons, qui sont foncièrement abolitionistes, se
détestent, ils s'exècrent, bien plus qu'on ne déteste en France
un possesseur d'esclaves. C'est pourquoi ces colons sont plus
abolitionistes, et *professent des idées plus radicales* que les
plus radicaux de la France, qui ne détestent pas tant les possesseurs d'esclaves que ces colons-abolitionistes. O profondeur !
O philosophie !

« M. Isambert, pour *s'être constitué* le défenseur des *sangs-*
« *mêlés*, est traité aux colonies d'une manière infâme. »

C'est sans doute parce que M. Schœlcher *s'est constitué l'ac-*
cusateur des sangs-mêlés, qu'il a été traité aux colonies d'une
manière *confortable*. C'est ce que nous aurons à examiner bientôt, et ce que nous réservons pour la dernière partie de ce travail. Poursuivons :

« Ne nous indignons pas trop que les créoles résistent, l'inté-
« rêt personnel a toujours résisté aux réformes nécessaires.
« Faisons la part des maîtres et celle des circonstances où ils se
« trouvent ; soyons sans colère, tâchons de les éclairer, mais
« qu'ils renoncent à faire des abolitionistes autant de *niais* ou
« de méchants. »

Il paraît que M. Schœlcher s'est aperçu que les créoles voulaient le prendre pour un niais, car M. Schœlcher n'est pas un
méchant ; il n'eût pas reçu, à ce titre, un si flatteur accueil sous
le toit hospitalier des planteurs ; — M. Schœlcher fait la part
des maîtres et celle des circonstances. Nous aurons occasion de
prouver bientôt que cette indulgence n'est pas un effet de charité chrétienne, car il est plein de fiel et de colère lorsqu'il parle
des mulâtres.

« Quant à nous, dit l'auteur, nous ne sommes pas mû
« comme dans nos principes démocratiques, par une aversion
« orgueilleuse de tout despotisme, et si l'on fouillait en notre

« cœur, on ne le trouverait animé que par la conscience in-
« flexible des devoirs éternels de l'homme envers l'homme. »

Aveu précieux. Et c'est ce que nous avons cru remarquer
depuis longtemps dans les écrits de M. Schœlcher. Nous aussi
nous avons fait abnégation de nos opinions politiques dans la
question de l'abolition, mais par d'autres motifs que ceux de
M. Schœlcher ; nous avons fait taire nos opinions pour chercher
partout, et dans tous les rangs des défenseurs à la sainte cause
de l'abolition. Nous sommes démocrates *par droit de nais-*
sance ; mais nous appelons à nous, légitimistes et conservateurs, radicaux et dynastiques, afin de faire triompher la cause
de l'abolition ; et nous acceptons avec le même respect pour
tous, les dynastiques, les radicaux, les conservateurs et les légitimistes qui nous prêtent leur concours. Si M. Schœlcher est
sincèrement abolitioniste, il doit penser comme nous ; il le doit
d'autant plus qu'il appelle à lui des colons anti-abolitionistes,
auxquels il donne un brevet d'abolitioniste pour concourir à
l'œuvre. Eh bien! nous demanderons à M. Schœlcher à quoi
bon, lorsqu'il s'agit des devoirs de l'homme envers l'homme,
manquer de convenances envers ceux qui travaillent comme
lui à la même œuvre? A quoi bon faire surgir ses opinions,
ses principes démocratiques, et faire de l'absolutisme là où il
faut faire du christianisme? Pourquoi vous, démocrate, prenez-
vous un ton de grand seigneur en parlant des hommes honorables de toutes les opinions, de toutes les croyances qui ne
sont pas les vôtres, mais qui veulent mieux que vous et avant
vous l'abolition de l'esclavage? Vous, M. Schœlcher, homme
bien élevé, plein de politesse et d'urbanité lorsqu'il s'agit de
vos hôtes *colons-abolitionistes* ; qui ne parlez jamais de vos
abolitionistes-colons qu'avec une convenance exquise, — que
nous sommes bien loin de blâmer, — pourquoi, disons-nous,
prendre un air grossier et insolent, lorsqu'il vous arrive par
exemple de parler des membres de la Société française pour
l'abolition de l'esclavage, et de dire : « Les principaux mem-
« bres de cette société *portent noms* Broglie, Passy, La-
« martine, Odilon Barrot, *tous gens peu connus* pour leur
« audace révolutionnaire? » — Pourquoi cette différence dans
le langage si, selon votre prétention, vous n'êtes pas mû,
comme dans vos principes démocratiques, par une aversion de tout despotisme? Pensez-vous que MM. O. Barrot,

de Lamartine, Passy et de Broglie soient moins abolitionistes que MM. Bovis, Guignod, Cotterell et Eggiman, à qui vous avez délivré des brevets de philanthropes, parce qu'ils ont tempéré votre zèle négrophiliste en vous concédant le *principe souverain*, et en vous confiant des manuscrits où ce principe est développé?

MM. de Broglie, Passy, de Lamartine et Odilon-Barrot sont d'aussi bons abolitionistes que M. Schœlcher. M. Passy avait proposé un projet d'abolition d'esclavage pour les enfants, que nous avons combattu. Ce projet est plus libéral qu'un projet formulé dans le temps par M. Schœlcher, et dans lequel il demandait l'abolition de l'esclavage dans *soixante ans, « parce « que, dans soixante ans, tous ceux qui sont esclaves seront « morts, alors ils seront libres! »*

MM. de Broglie, Passy, de Lamartine et O. Barrot veulent l'indemnité, comme M. Schœlcher; où donc la différence entre ces messieurs, si ce n'est dans leurs croyances politiques? Et montrez-nous *l'audace révolutionnaire* de M. Schœlcher, dans ces paroles de son livre que nous avons déjà citées : « Ceux qui prétendent qu'il est permis d'arracher « aux maîtres leur propriété noire, parce que cette propriété « est et a toujours été illégitime, méconnaissent qu'elle est et « a toujours été légale, ils oublient que le *pacte social* qui la « protège ne peut rien défaire violemment de ce qu'il a institué « législativement. »—Nous dirons à M. Schœlcher, qui est radical, qu'il n'y a rien de plus aristocratique que ce raisonnement, que nous ne l'admettons pas quand il s'agit de la liberté de l'homme qu'on tient dans l'esclavage; et si M. Schœlcher nous taxe de rigorisme nous le renverrons à une autorité qui doit commander son respect, à la Convention Nationale.

Nous avons dit que M. Schœlcher avait la manie d'embrouiller toutes les choses; en voici un nouvel exemple. M. Schœlcher, après avoir rappelé que tous les propriétaires d'esclaves, qu'il désigne honorablement dans son livre, sont exclusivement nés dans les îles, ajoute: « Nous ne saurions oublier que Barbès est un fils de la Guadeloupe. »—Nous ne savons pas, en vérité, ce que cela peut faire à la question de l'abolition de l'esclavage; et quel rapport les opinions politiques de Barbès peuvent avoir avec celles de ses compatriotes, possesseurs d'esclaves. Si Barbès eût voulu abolir l'esclavage, il serait allé l'abolir aux colonies ; et s'il suffit d'être né aux colonies pour être un apôtre de la liberté, pourquoi *tous les fils de la Guadeloupe* n'abolissent-ils pas l'esclavage à la Guadeloupe, et pourquoi émigrèrent-ils en 1794 lorsque la Convention Nationale abolit l'esclavage ?

M. Schœlcher, qui professe des opinions radicales, des principes démocratiques, est parfois conservateur à son insu, et plus conservateur qu'il ne s'en doute lui-même ; lisez plutôt : « Il est beau à un homme d'être inflexible, de passer sur « toute considération, amitié, famille, fortune, joie et repos, « pour accomplir la vraie loi, pour satisfaire à un principe « sacré ; mais un gouvernement veille sur tant d'intérêts, qu'il « est dans son devoir de ménager *des faits accomplis.* »

M. Odilon Barrot, qui n'a pas *l'audace révolutionnaire* de M. Schœlcher, a parlé aussi de certains *faits accomplis* ; mais il n'a jamais reconnu la *légitimité des faits accomplis de la possession de l'homme par l'homme.*

Maintenant vous allez voir M. Schœlcher se trouver d'accord avec M. Mauguin, qu'il avait aussi un peu admonesté : « Le temps n'est pas aux sacrifices généreux et d'élans, et la « misère où sont plongées les colonies aussi bien que les ap-« préhensions de l'avenir, excusent jusqu'à un certain point les « créoles de ne point vouloir donner la liberté à leurs nègres « pour rien. Leur fortune est là…. L'argent domine la vie, et « puisqu'ils jugent leur argent compromis dans l'affranchis-« sement, on ne doit pas de sang-froid leur en vouloir beau-« coup de se défendre. Il est difficile de faire comprendre à un « homme la nécessité philosophique de sa ruine pour l'éléva-« vation d'une race qu'il est accoutumé de mépriser et de voir « méprisable. »

M. Mauguin n'en a pas tant dit, il est vrai, sur la difficulté de faire comprendre à ses clients la nécessité philosophique d'élever la race nègre, que ses clients sont accoutumés de mépriser et de voir misérable ; mais il exigeait en faveur de ses clients, comme M. Schœlcher en faveur de ses hôtes, que la liberté ne fût pas donnée aux esclaves sans une indemnité de 400 millions, parce que la fortune des colons est là, et que l'argent domine la vie, comme dit M. Schœlcher.

Si l'auteur n'avait déjà pris le soin de nous dire que ses opinions politiques ne sont pour rien dans la question, et

qu'il n'est pas un ici, comme dans ses principes démocratiques, par une aversion de tout despotisme, nous nous permet-
trions de douter encore une fois de ses principes démocratiques,
qui semblent fléchir à l'endroit de la race nègre. Alors à quoi
bon, comme nous le faisions remarquer tout à l'heure, afficher
ses principes et en faire parade envers les *gens peu connus pour leur audace révolutionnaire* et qui portent noms
Broglie, Passy, Lamartine et Odilon Barrot, lorsque sur la
question vous avez moins d'audace révolutionnaire que ces
messieurs?

M. Schœlcher ne veut pas qu'on apprenne le catéchisme
aux noirs esclaves, par la raison qu'ils « n'entendent pas le
« français, qu'ils ne parlent que créole. » M. Schœlcher est
forcé de convenir cependant que « quelques *négrillons,* — ce
« sont des enfants, — répètent assez couramment, » et que
ces enfants noirs font ce que, pour son compte, il se déclare
incapable de faire, « c'est-à-dire d'apprendre par cœur sept ou
« huit pages d'une langue qu'ils ne comprennent pas. »

Si les noirs ne parlent pas français, et ne parlent que créole,
il y en a très-peu qui ne le comprennent parfaitement. M. de Lamartine, que nous aimons à citer, a dit : « On peint les escla-
« ves comme des brutes, pour s'excuser de n'en pas faire des
« hommes. »

Pour prouver que l'instruction religieuse est sans profit pour
les noirs, M. Schœlcher raconte que « les *négrillons* confondent
« parfois une réponse avec l'autre, ils répliquent, lorsqu'on
« leur demande, par exemple, combien il y a de personnes en
« Dieu? — Trois : la foi, l'espérance et la charité. »
Qu'est-ce que cela prouve ? M. Schœlcher ne se trompe donc
jamais, lui qui confond le consulat avec l'empire, et qui prend sa
Majesté Britannique pour le grand Napoléon. Si les *négrillons*
qui confondent les trois personnes en Dieu, avec les vertus théo-
logales, pouvaient lire le livre de M. Schœlcher, ils lui di-
raient, dans le patois créole : « *Palé fancé, fait pas l'es-
« prit.* (1) »

A propos de principes religieux, M. Schœlcher raconte en-

(1) Parler français n'est pas avoir de l'esprit. On peut être blanc et être
un *jobard,* vous m'en donnez la preuve; car si vous aviez le sens commun,
vous sauriez que.....

core, qu'une jeune fille de couleur, ayant à se plaindre d'un homme qui venait de s'embarquer, « fit dire des messes pour « demander au Tout-Puissant le naufrage du navire qui por-« tait son parjure. »

Cette histoire ressemble à tant d'autres que M. Schœlcher a déjà narrées sous la garantie de ses hôtes, qui se sont passable-ment amusés de lui, ainsi qu'on a dû le voir, qu'il nous per-mettra de douter de la vérité de ce fait; car ces sortes de ven-geances ne sont ni dans les mœurs, ni dans les croyances reli-gieuses d'aucune classe de nos colonies. Quel prêtre, d'ailleurs, quelque mauvais qu'il fût, oserait prêter son ministère à une aussi coupable action ?

M. Schœlcher nous apprend que : « ce qui, par-dessus tout, « induit les colons à dire que les nègres ne travailleront pas ; « c'est le triste spectacle de la fainéantise de la classe libre de « couleur ; cette classe reste en proie à l'oisiveté, aux mauvaises « mœurs, » dit M. Schœlcher.

Comment M. Schœlcher sait-il cela, il n'a pas vu *la classe libre de couleur* aux colonies ; M. Schœlcher a copié tout ce passage dans un feuilleton de M. Granier (de Cassagnac). Mais voici la réfutation de M. Schœlcher, par lui-même :

« En parcourant les colonies, on rencontre beaucoup de pe-« tites cases entourées de champs cultivés par des libres. « M. Latuillerie a plusieurs carrés loués à des nègres libres « qui les exploitent en vivres. M. Bovis nous a montré sur son « habitation du Marquisat, des jardins entretenus par des « libres, et même par des femmes de couleur. M. Portier, un des « membres du conseil de la Guadeloupe, le plus ennemi de tout « progrès, a employé des hommes libres au jardin, et a soutenu, « devant nous, contre son collègue, M. F. Patron, qu'on en « trouverait autant qu'on en désirerait, si on voulait les bien « payer. » Et un peu plus loin M. Schœlcher termine sa ré-futation de lui-même, par ce qu'il déclare avoir vu :

« A notre connaissance, M. Nelson et M. Despointes (Robert « Martinique) ont employé des ouvriers libres à la houe ; le « dernier a planté de la canne, de compte à demi avec eux ; et « au moment où nous eûmes l'honneur d'être reçu chez lui, il « avait à fabriquer six boucauts de sucre, pour un nègre « libre. »

Vous voyez que nous tenons compte à l'auteur de ses

rétractations; nous eussions désiré ne trouver dans son ouvrage que des erreurs comme celle-là ; mais malheureusement M. Schœlcher a été entraîné par la reconnaissance envers ses hôtes, à imprimer des choses que nous ne pouvons laisser passer sans réfutation. La négligence qu'il a mise à coordonner ses matières; la légèreté avec laquelle il a écrit toutes les histoires, vraies ou fausses, qu'on lui a débitées ; ses renseignements recueillis à des sources suspectes, voulant plaire également à tous ses hôtes, et ne pas faire de jaloux, ont porté M. Schœlcher à enregistrer dans son livre tout ce qu'on lui a dit : de là toutes les erreurs commises et que nous avons relevées ; de là, le mauvais livre que nous réfutons.

VI

Dans son épître aux colons, pour leur faire hommage de son livre, M. Schœlcher a promis de concilier les intérêts de ses hôtes avec les imprescriptibles intérêts de l'humanité. Nous venons de signaler les nombreuses erreurs commises par cet écrivain, ainsi que le non-sens de sa mission comme abolitioniste. Voici maintenant de quelle manière il entend concilier les deux intérêts en lutte.

1° Ravaler la classe entière des mulâtres, la dégrader dans l'estime publique, la peindre sans mœurs et sans liens de famille, afin que les colons ne regrettent pas d'avoir accueilli M. Schœlcher sous leur toit, et qu'ils voient que M. Schœlcher n'a pas oublié qu'il fut leur hôte.

2° Diviser les noirs des mulâtres, en faire deux camps ; montrer les mulâtres hostiles à l'affranchissement, afin que les noirs se rattachent aux colons par la reconnaissance après l'abolition de l'esclavage, opérée sous la protection et le patronage de M. Schœlcher.

Tels sont les deux moyens imaginés par l'auteur pour résoudre le problème des deux intérêts à concilier.

Sur le premier moyen, voici une des mille et une gracieusetés de M. Schœlcher aux mulâtres :

« Les gens de couleur, presque *tous sans famille*, *fruit du concubinage ou de la débauche*, plus ou moins abandonnés de leurs parens, pauvres, mais nécessairement infestés des vices du pays, se refusent à travailler à la terre parce que c'est un travail d'esclaves. »

De pareilles injures, sous la plume d'un abolitioniste, ne se conçoivent pas. Mais M. Schœlcher nous a fait connaître les noms de ses hôtes. Dis-moi qui tu hantes, je te dirai qui tu es. Or, M. Schœlcher nous ayant fait part de ses relations intimes avec M. Bovis, créole de la Guadeloupe, nous allons rapporter ici quelques passages extraits d'une brochure publiée par M. Bovis (1) :

« Le mulâtre est un mélange *impur* du blanc et du noir. Vil rebut de la nature, il ne voit dans le blanc et le noir que la preuve incontestable de sa dégradation ! »

M. Schœlcher a traduit cette phrase par celle-ci :

« Quelqu'un l'a dit avec vérité : « Un mulâtre hait son père et méprise sa mère. »

M. Bovis, cet ami de M. Schœlcher, a dit encore :

« *La nature épouvantée d'horreur* à la vue de *ce monstre appelé mulâtre*, empreignit sur cet être, en caractères ineffaçables, les *traits de la férocité* joints à ceux *de la perfidie*. »

C'est à cette école que M. Schœlcher s'est formé dans l'art d'injurier ces *monstres appelés mulâtres*. Vous allez voir s'il a bien profité des leçons de son maître.

« *L'oisiveté qui dévore et avilit cette race* victime d'une mauvaise organisation sociale ; sa *médiocrité, ses moyens d'existence toujours problématiques* (patience, M. Schœlcher va vous expliquer ce problème en vous disant que cette race vit *de vol*, *son inutilité, ses mœurs répréhensibles, son manque de dignité et le peu d'estime que mérite la majorité de ceux qui la composent*, expliqueraient, jusqu'à un certain point, l'orgueil des blancs. »

Comment un homme de caractère aussi susceptible que

---

(1) M. Bovis était magistrat à la cour royale à la Guadeloupe. Il fut forcé de donner sa démission en 1828 ; on prétend que ce n'est pas à cause de ses opinions abolitionistes.

M. Schœlcher, un homme qui se fâche quand on dit qu'il a une canne *gigantesque et phénoménale*, qui se brouille avec les gens qui répètent cette plaisanterie, même en la retournant contre celui qui l'avait faite ; comment, disons-nous, un pareil homme a-t-il pu se permettre l'invective contre toute une classe d'hommes qui ne lui était pas hostile !

Il faut que M. Schœlcher se soit fait une étrange idée des mulâtres pour se figurer que les paroles injurieuses qu'il leur adresse peuvent être acceptées sans une protestation qui renvoie à l'auteur ses stupides injures. — Qui peut donc avoir donné le droit à M. Schœlcher de fulminer contre toute une classe d'hommes qu'il n'a pas vue dans sa course philanthropique aux colonies? Qui peut donc avoir inspiré à M. Schœlcher de se substituer à M. Granier (de Cassagnac) pour répéter ses mille et une sottises sur les mulâtres ? — La dette que M. Schœlcher a promis d'acquitter pour l'hospitalité qu'il reçut de ses hôtes. C'est, nous l'avouons, faire payer un peu cher aux mulâtres les frais de festins offerts à l'*abolitioniste voyageur.*

Nous demandons à tous ceux qui ont lu les âneries de M. Granier (de Cassagnac) si cet écrivain s'est permis de plus absurdes et de plus plates injures? Que prétend M. Schœlcher, et où en veut-il venir? Serait-ce par hasard pour moraliser la race mulâtre qu'il proclame l'avilissement de cette race? ou bien serait-ce plutôt pour flatter l'orgueil de ses hôtes blancs, qu'il proclame la *médiocrité* et l'*inutilité de cette race de monstres*, ainsi que *son manque de dignité* et le *peu d'estime qu'elle mérite?* — M. Schœlcher peut seul nous répondre. — En attendant nous lui dirons que les mulâtres n'acceptent pas un tel *moralisateur*, car c'est lui, M. Schœlcher, qui manque de dignité, puisqu'il sacrifie au plaisir de flatter ses hôtes, ses talents, ses opinions et les plus simples convenances.

M. Schœlcher avait déjà dit dans la *Revue de Paris*, bien longtemps avant qu'il ne publiât son livre : « La dissolution des « mœurs chez les *nègres* est telle que pour cinquante sous un « mari cède sa femme à un autre pendant huit jours. Ce mé- « lange des sexes produit, comme on voit, une immoralité et « un concubinage affreux sur lequel les planteurs, qui en sont

« les vrais coupables, fermant honteusement les yeux parce
« qu'il les enrichit (1). »

Comme M. Granier (de Cassagnac), c'est dans la *Revue de
Paris* que M. Schœlcher fit ses premières armes, qu'il débuta
par des *Essais* sur les mœurs nègres avant d'arriver aux mœurs
mulâtres. C'est sans nul doute faire preuve de logique : il fallait avilir la source pour mieux dégrader cette race. Voici
pour les mulâtres. On lit, page 192 de ce livre :

« Les femmes de couleur, par exemple, *qui vivent* TOUTES
« EN CONCUBINAGE OU DANS LA DISSOLUTION, parmi lesquelles
« les blancs viennent chercher leurs maîtresses comme dans un
« bazar, contribuent certainement par *leur libertinage* à entre-
« tenir *l'abaissement de la race qu'elles déshonorent*..... Les
« hommages de la caste privilégiée les flattent, et elles aiment
« mieux se *livrer à un blanc* vieux, sans mérite et sans qualité,
« *que d'épouser un sang-mêlé*. Les exemples ne manquent pas
« de ce déplorable effet de la corruption. »

Voilà de la calomnie et de la diffamation, ou nous ne nous y
connaissons pas. Ainsi donc, d'après M. Schœlcher, TOUTES
*les femmes de couleur vivent en concubinage ou dans la dis-
solution*, qu'elles soient ou non mariées. Voilà qui est bien
établi par le *négrophile*. M. Schœlcher permettra sans doute à
un mulâtre, qui n'accepte pas cette flétrissure, cette dégradation morale pour sa race, de lui dire qu'il outrage sans raison
d'honorables familles qui comptent autant de vertus qu'on
en trouve parmi les hôtesses de M. Schœlcher. M. Schœlcher ne connaît pas des familles mulâtres, il ne les a pas vues
aux colonies, parce qu'elles sont *toutes pauvres* et *que chez
elles on ne trouve pas le confortable*, que M. Schœlcher paraît beaucoup estimer, plus peut-être que son idole, le *principe souverain*.

S'il est prouvé que M. Schœlcher n'a pas fréquenté les familles mulâtres aux colonies, qu'il n'a pas plus visité la *case du
nègre esclave*, et que, par exception, il n'a fréquenté que les
blancs, M. Schœlcher voudra-t-il nous dire de qui il tient les
observations outrageantes qu'il publie sur les mœurs des femmes
de couleur ? Serait-ce par hasard de certains personnages

(1) *Revue de Paris*, 1830, des Loirs, tome XX.

qu'il exalte à tout propos dans son livre ; MM. Perrinelle, Clay, Lemaire, Bovis, etc., etc., etc. ? Si ce sont ces messieurs qui lui ont fait ce tableau de mœurs de *toutes les femmes de couleur*, *vivant toutes en concubinage ou dans la dissolution*, et aimant mieux se *livrer à un blanc, vieux, sans mérite et sans qualité, que d'épouser un sang-mêlé* ; nous dirons à M. Schœlcher que non-seulement ils ont calomnié *toutes les femmes de couleur*, mais que cet impudent mensonge n'a pas le sens commun. Nous sommes bien sûrs que les femmes de ces messieurs, auraient eu plus de charité, plus d'indulgence pour les femmes de couleur, si M. Schœlcher se fût adressé à elles pour connaître la vérité sur les mœurs des mulâtresses ; non, ce ne sont ni les dames Perrinelle, Perrinelle-Chalvet, Perrinelle-Préclair, Perrinelle-Théobald, Perrinelle-Adolphe, ni Mme Clay, ni Mme Lemaire, ni Mme Bovis qui eussent parlé avec mépris du concubinage ou de la dissolution, du libertinage ou de la corruption des femmes de couleur ; non, encore non, ce ne sont pas ces dames qui eussent entretenu M. Schœlcher des mœurs dissolues des mulâtresses ; nous les supposons trop indulgentes pour les croire capables même de médisance envers les femmes de couleur.

M. Schœlcher sait très-bien qu'il ne dit pas la vérité quand il affirme que *toutes les femmes de couleur vivent dans le concubinage et la prostitution*. Mais il écrit toujours cela pour n'avoir rien à envier à M. Granier (de Cassagnac) moins coupable que M. Schœlcher, puisque M. Granier (de Cassagnac) s'est posé depuis longtemps comme l'antagoniste de la race noire et mulâtre, et que M. Schœlcher se dit négrophile, et prétend se poser en *patron* de la race noire et jaune ; patronage que tous, nous repoussons, car nous voulons des amis et des défenseurs de notre cause, et non des *patrons*. En sa qualité de radical, M. Schœlcher devrait savoir que le *patronage* est une vieille institution féodale et de l'ancien régime, que lui, moins que personne, devrait s'amuser à *patroner* ; si c'est pour continuer la *Société Romaine*, dont a parlé M. Schœlcher, et qui n'a jamais existé aux colonies, que M. Schœlcher veut se faire le *patron* des nègres et des mulâtres, nous lui dirons que *patron* pour *patron*, nous aimons encore mieux garder les nôtres.

Nous disons que M. Schœlcher sait parfaitement bien qu'il

ne dit pas vrai, car il nous avait demandé des documents que nous avons mis à sa disposition pour élaborer son œuvre, et il en a usé. S'il nous eût demandé des notes sur les mariages des nègres et des mulâtres, depuis qu'il existe des registres de l'état civil aux colonies, nous l'eussions satisfait également ; mais en demandant ces documents, on eût connu la vérité sur les mœurs des femmes de couleur, et M. Schœlcher eut perdu l'occasion d'avilir *toutes les mères, toutes les femmes, toutes les sœurs, toutes les filles* des mulâtres, et c'eût été un plaisir de moins que M. Schœlcher aurait ménagé à ses hôtes blancs, à ses généreux hôtes !

M. Schœlcher ne pouvait ignorer que nous possédions les documents statistiques dont nous parlons, puisqu'il avait sous les yeux un extrait du tableau des mariages mulâtres, publié dans la *Revue des colonies* (1). M. Schœlcher savait cela, il avait lu cet extrait d'où il résulte que, dans deux communes de la Martinique, le *Vauclin* et le *François*, il y a eu dans un espace de trente ans, 1800 à 1830, cent douze mariages contractés par la population blanche, et cent trente-deux mariages par la population mulâtre. M. Schœlcher ne l'ignorait pas, et pourtant, il calomnie nos mères, nos femmes, nos sœurs, nos filles ; il les ravale, les dégrade pour mieux se poser en *patron*, et jouer le rôle de la mouche du coche, et prétendre, dans un temps donné, que lui, le *Wilberforce de la France*, il a contribué avec son livre, plus que personne, à la moralisation, à la civilisation des nègres et des mulâtres, qui n'ont que faire de sa civilisation et de sa moralisation (2).

(1) Voir novembre 1841, numéro 5.

(2) M. Granier (de Cassagnac) avait reconnu que les hommes de couleur ne se mariaient que depuis 1830 ; avant cette époque, disait-il, les mulâtres étaient tous *bâtards*. M. Schœlcher, lui, va plus loin ; il ne fait pas la concession de douze années de mariage aux mulâtres, comme M. Granier (de Cassagnac) ; il déclare que *toutes les femmes de couleur vivent aujourd'hui même en concubinage dans la débauche et la prostitution*. Ainsi, d'après ces messieurs, il faudra bientôt compter trois espèces de mariages parmi les hommes de couleur, 1° les *mariages Cassagnac*, datant de 1830 ; 2° les *mariages Schœlcher* qui ne dateront qu'à compter du jour où les femmes de couleur auront lu le livre de M. Schœlcher et se seront *moralisées* à sa façon, car même celles qui sont mariées pour M. Granier (de Cassagnac) ne le sont pas pour M. Schœlcher ; 3° les mariages de mulâtres qui ne sont

Nous eussions accepté la sévérité d'un jugement juste sur les mœurs des mulâtres; mais nous n'avons pu laisser passer sans protestation une appréciation à la fois injuste, fausse, ignorante, et malveillante.

Lorsqu'on a porté l'outrage aussi loin que M. Schœlcher, on peut bien se permettre ceci :

« Les femmes libres, aux colonies, n'ont pas même le peu de
« ressource que possèdent leurs frères pour échapper à la mi-
« sère. Leur principal moyen d'existence honnête, la couture,
« est fort limité. Elles n'ont que les raccommodages et les cos-
« tumes du pays, ou bien les fonctions de blanchisseuse, gar-
« dienne d'enfants, etc. Elles se trouvent obligées de suppléer
« à ce qui leur manque par des *moyens déshonorants*. Aux
« femmes libres qui n'ont pas un esclave pour les faire vivre

la Revue des colonies (1). M. Schœlcher savait cela et ro

cet extrait, d'où il résulta que, dans deux cent communauté de la Mar-

pas reconnus par MM. Schœlcher et Granier (de Cassagnac), et qui datent
cependant de 1675 jusqu'à ce jour à la Martinique. Ces mariages
sont déclarés nuls, à peu près comme dans un autre temps, on déclara
nuls les *titres de liberté accordés* dans cette colonie par le général Ro-
chambeau, gouverneur ; ces titres furent anéantis et ceux qui en étaient
porteurs furent mis en esclavage ; d'autres rentrèrent dans la condition précaire de *patronés ou libres de savane* jusqu'à ce qu'ils pussent
obtenir un nouveau chiffon de papier, revêtu de la signature et du cachet
de cire rouge d'un autre gouverneur et d'un intendant ou préfet colonial.
Nous rappellerons à M. Schœlcher que ces actes de déchéance à la liberté
n'émanaient pas de la France, mais des autorités locales. Il y a même quelque chose en faveur de la France, c'est que le premier consul Bonaparte, qui
n'était pas un abolitioniste, les nègres et les mulâtres en savent quelque
chose, fit adresser par le ministre de la marine et des colonies, aux administrateurs de la Martinique, une dépêche portant la date du 10 fructidor
an XI, et dans laquelle il est dit que le premier consul n'a pas été entière-
ment convaincu de la nécessité et même de l'opportunité de l'arrêté du
24 ventôse, qui statuait sur une mesure aussi délicate que la vérification
des libertés. Le ministre rappelait qu'une pareille opération avait été projetée
à la fin de 1774, et que l'ancien gouverneur craignant qu'elle ne tendît à
jeter le trouble et l'inquiétude parmi les gens de couleur, jugea devoir
annuler l'ordonnance des *administrateurs*, par arrêté du 8 juin 1776. Le
ministre du premier consul, après quelques phrases de désapprobation,
terminait par ces mots : « Des dispositions de ce genre n'ont eu trop
« souvent pour résultat que d'ouvrir la porte aux insinuations perfides
« contre la pureté des intentions de l'administration même et tendaient par
« là à altérer la condition dont elle a besoin d'être entourée. »

« de son labeur, il ne reste, *n'hésitons pas à le dire*, il ne leur
« reste *que la prostitution !!!* »

Dites à M. Schœlcher que tout ce pathos, tout ce replâtrage
des phrases de M. Granier (de Cassagnac), est absurde ; met-
tez sous ses yeux des actes irrécusables qui témoignent du
contraire de ses assertions malveillantes; prouvez-lui que la famille est constituée là-bas comme partout, et que là-bas, comme
partout, il y a des familles honorables dans tous les rangs
dans toutes les classes, dans toutes les conditions, même parmi
les esclaves ; prouvez-lui que le libertinage, que la prostitution, ne sont pas les seuls lots des mulâtresses, des négresses;
que parmi les blanches il se trouve des prostituées et des
libertines, M. Schœlcher vous répondra , comme partout et
toujours : « Nous ne pouvons accepter ces redressements appliqués à notre narration. Nous maintenons la vérité de tout
ce que nous disons. » Voilà la seule réponse que ferait
M. Schœlcher aux redressements qu'on opposerait aux ca-
lomnies qu'il répète sur les nègres et les mulâtres.

Les colons avaient fait connaître en France, pendant le séjour
de M. Schœlcher aux Antilles, les opinions de M. Schœlcher
sur le mariage. Ces opinions furent publiées par les agents des
colons. Plus tard, et lorsque parurent les premiers fragments du
livre de M. Schœlcher, le *Globe* répéta sur M. Schœlcher tout
ce qui avait été publié en son absence, à savoir : « M. Schœl-
« cher a le malheur d'être *athée* et de croire que *le mariage est*
« *la première de toutes les immoralités humaines : c'est en-*
« *core ainsi qu'il l'a dit lui-même à qui a voulu et à qui n'au-*
« *rait pas voulu l'entendre.* M. Schœlcher possède et exprime
« tout haut sur *Dieu,* sur le *mariage,* sur la *famille* et sur la
« *paternité,* considérés philosophiquement, des idées que nous
« trouvons horribles. » Et le *Globe* racontait que, se présen-
tant chez M. Huc, à la Martinique, M. Schœlcher s'était annoncé ainsi : « — Monsieur, je suis athée, et je crois que *le*
« *mariage est une institution immorale.* Voulez-vous me re-
« cevoir chez-vous? — Je suis Arabe, aurait répondu M. Huc,
« et lorsqu'on est sous ma tente, on professe toutes les opi-
« nions qu'on veut ; prenez la peine d'entrer. » — Enfin,
le *Globe* ajoutait que : « M. Schœlcher *déblatérait contre les*
« *personnes qui se marient,* et qu'il a, partout, *prêché son*
« *athéisme et sa haine du mariage.* »

5

Comme cet article injurieux du *Globe* contenait beaucoup d'autres choses graves sur les principes religieux, sociaux et moraux qu'on attribuait à M. Schœlcher, nous crûmes devoir, comme *mulâtre*, porter à la connaissance de M. Schœlcher, *abolitioniste, négrophile*, les accusations du *Globe*. Nous lui adressâmes ce journal à *Seine-Port*, où il composait son livre. M. Schœlcher fit ce qu'il fallait auprès du *Globe*, en demandant rétractation ou réparation. Il obtint rétractation, comme il l'a dit.

Mais plus tard encore, M. Schœlcher ayant publié une lettre sur de nouvelles attaques du *Globe*, négligea de s'expliquer sur le reproche *d'athéisme* et de ses *croyances à l'endroit du mariage*. M. Schœlcher passa condamnation sur ces deux points, et nous ne croyons pas devoir lui rappeler ici la conversation que nous eûmes avec lui à cet égard.

Maintenant, nous cherchons d'où peut venir cette sainte conversion du pécheur? Comment reprocher aux femmes de couleur « *leur dissolution, leur libertinage!* » comment reprocher *à toutes les femmes de couleur « de vivre en concubinage*, d'aimer mieux se *livrer à la prostitution* à un blanc, que de se marier à un sang-mêlé! » lorsque vous, ne *professez pas sur le mariage* les principes que vous affichez dans votre livre, pour dégrader les mulâtres. Non, il n'est que trop vrai, M. Schœlcher a voulu *acquitter la dette de l'hospitalité*, il a voulu que *ses hôtes ne regrettassent pas l'accueil fait à l'abolitioniste*, et lui, ne *pas oublier qu'il fut l'hôte des colons*. D'ailleurs, il l'avait dit dans sa réponse au *Globe*: « *Quand mon ouvrage paraîtra, les créoles verront si je suis leur ennemi* (1). »

Non, monsieur Schœlcher, vous n'êtes pas l'ennemi des créoles! Nous ne demandons pas que personne soit l'ennemi des créoles; mais nous demandons des juges impartiaux entre les créoles et nous, et vous n'êtes pas impartial; vous êtes injuste et ignorant à la fois; c'est tout ce que nous pouvons vous dire de moins amer, en réponse à vos inqualifiables injures contre les mulâtres.

Après avoir jeté ses éclaboussures sur toutes nos femmes, M. Schœlcher poursuit ainsi:

« Au milieu de tant de vices et de dépravation, au milieu de

(1) *National* du 15 novembre 1841.

« tant de misère et de mépris, aurais-je dû dire, car misère et
« mépris comportent tous les vices et toutes les dépravations; (1)
« c'est un fait des plus remarquables et qui ne doit point nous
« échapper, que la prodigieuse sécurité avec laquelle on vit aux
« îles ; à quelqu'heure de la nuit que ce soit, vous pouvez les
« parcourir d'un bout à l'autre, sans crainte d'être arrêté. Il
« n'est aucun pays du monde où l'existence soit plus complète-
« ment abandonnée à la foi publique. Quel que soit le nombre
« des petits vols des esclaves, quelque bien établie que soit
« l'opinion reçue, j'oserais soutenir que le nègre n'est pas vo-
« leur ; j'entends le nègre et non l'esclave. » — Plus loin
M. Schœlcher arrive à dire dans le désordre de ses idées:
« Il faut dire la vérité entière cependant. » — C'est ce que ne
fait pas toujours M. Schœlcher, même quand il annonce qu'il
va la dire. — « Il y a là-bas *une plaie particulière* encore au sys-
« tème colonial, c'est *le vol que des gens libres* commettent de
complicité avec des esclaves, presque sûrs qu'ils sont de l'im-
« punité. »

D'une part, « il n'est aucun pays du monde où l'existence
« soit plus complètement abandonnée à la foi publique, » —
M. Schœlcher a même ajouté : « Pour notre compte, *quelque*
« *part où nous soyons allé*, notre *fenêtre*, notre *porte et nos*
« *malles sont toujours restées ouvertes sans que nous ayons eu*
« à le regretter. »

D'autre part, « il y a là-bas une plaie particulière, c'est le vol

De la Martinique, M. Schœlcher passe à la Guadeloupe, fait

_____

(1) Un honorable membre de la chambre des députés, attaché, nous le
croyons, à la maison du roi, en qualité d'aide-de-camp d'un des jeunes
princes, et qui, comme M. Schœlcher, a visité les colonies, nous a fait
l'honneur de nous communiquer un ouvrage manuscrit sur les observations
recueillies par lui dans son voyage. Cet honorable député appréciant
sous son point de vue la position sociale des hommmes de couleur, et non
pas leurs mœurs, craignait d'avoir laissé échapper de sa plume quelques
expressions blessantes pour les mulâtres et les nègres. Il poussa ses scru-
pules jusqu'à nous indiquer les passages qu'il supposait trop vifs, nous
priant de lui indiquer les corrections à y faire. Nous devons déclarer que
nous n'y trouvâmes aucune expression outrageante comme celles dont
s'est servi M. Schœlcher, et que nous n'eûmes pour ainsi dire aucun passage qui pût être modifié, si ce n'est quelques détails insignifiants que
nous nous permîmes de relever, d'après l'autorisation que l'auteur de ce
manuscrit nous donnait en nous faisant l'honneur de nous consulter.

« que les gens libres commettent de complicité avec des escla-
« ves, *presque sûrs qu'ils sont de l'impunité.* » Conciliera qui
pourra ces deux propositions. Quant à nous, nous nous borne-
rons à dire sur la seconde proposition qu'il ne s'agit pas d'accuser, il faut encore prouver son accusation, et c'est ce que ne
fait pas M. Schœlcher qui cède ici, comme ailleurs, à l'entraînement de sa naïve crédulité prenant pour paroles d'évangile,
toutes les absurdités que ses hôtes lui ont racontées Nous ne
discuterons pas toutes ces choses absurdes, car l'absurde se
réfute lui-même, et puis d'ailleurs il nous faudrait un volume
d'autant de pages que le livre de M. Schœlcher.

Poursuivant sa tâche, le négrophile nous donne l'état statis-
tique des condamnations prononcées à la Martinique pendant
l'année 1840, contre les libres et les esclaves. Il fait connaître le
chiffre des crimes et délits, le chiffre des condamnations pour
dettes à l'enregistrement, au nombre de treize à Saint-Pierre,
et de dix-sept au Fort-Royal, et il laisse échapper l'occasion de faire connaître le chiffre des condamnations pour vol.
C'était pourtant le moment de compléter et de justifier son
accusation. Mais non, M. Schœlcher avait pris le soin de
vous prévenir que les *voleurs sont presque sûrs de l'impunité.*
Le philanthrope déclare « tenir ces renseignements du maire du
« Fort-Royal, homme charitable et intègre, qui joint à ses nom-
« breux travaux les fonctions gratuites d'inspecteur des prisons
« de l'île. »

De la Martinique, M. Schœlcher passe à la Guadeloupe, fait
connaissance avec M. l'abbé Angelin, « un de ces hommes har-
« dis, remuants, dit-il, qui n'ont d'abbé que le nom. » —
Ce qui plaît beaucoup à M. Schœlcher. — M. Schœlcher
nous parle de l'établissement qu'avait fondé M. l'abbé Angelin pour diriger les hautes études des jeunes gens blancs,
et qui ne réussit pas faute d'une allocation suffisante du gouvernement. De la Guadeloupe, M. Schœlcher retourne à la
Martinique, et nous apprend ce que nous savons mieux que
lui : « A l'hospice des *enfants trouvés* de la ville de Saint-
« Pierre, on ne reçoit que les *enfants blancs,* et l'on repousse
« impitoyablement *tout petit malheureux de couleur.* » Par
une fort bonne raison que M. Schœlcher oublie de dire et que
nous allons dire pour lui : c'est que les libertines et les prostituées de la classe blanche « *jettent leurs enfants aux égouts*

« *de nos cités,* » pour nous servir de l'expression d'un des hôtes de M. Schœlcher, — malgré leurs richesses, leurs vertus, leurs bonnes mœurs et leur fidélité à la foi conjugale ; tandis que les libertines et les prostituées de couleur gardent leurs enfants, les nourrissent, les élèvent, malgré *leur misère, leurs vices, leur dépravation et leur corruption,* comme dit M. Schœlcher. — Elles les élèvent et les nourrissent pour qu'ils ne soient pas *abandonnés* à la charité publique. Voilà ce qu'ignore M. Schœlcher et ce qu'il eût appris s'il eût voyagé aux Antilles françaises en véritable ami des noirs, comme il s'en attribuait la mission, et non pas en radical, en négrophile qui rougit de s'asseoir à la table du pauvre mulâtre et de donner la main au malheureux esclave, parce que l'abolitioniste trouve chez le blanc et chez le maître, le *confortable* qui manque au noir et à l'esclave.

Nous touchons à la fin de notre œuvre, nous aurons le courage de l'accomplir jusqu'au bout.

Nous venons de voir le philanthrope frapper d'estoc et de taille sur les *mœurs répréhensibles* des mulâtres ; maintenant nous allons le voir occupé à les mettre aux prises avec les noirs.

« Revenons, dit M. Schœlcher, aux hommes de couleur de la
« classe libre : il faut qu'un abolitioniste le leur dise, il est ur-
« gent de l'avouer, dans la lutte sourde qui a lieu sur les terres
« des Antilles, ils nuisent eux-mêmes à leur propre cause ; ils
« ne se dirigent ni avec adresse, ni avec courage moral, ni avec
« la dignité qui serait nécessaire dans leur position. Ce que les
« commissaires de la Convention écrivaient en juillet 1793 aux
« hommes de couleur de Saint-Domingue, est encore vrai au-
« jourd'hui pour ceux de la Martinique et de la Guadeloupe.
« Vous avez parmi vous des aristocrates de la peau, comme il y
« en a parmi les blancs, aristocrates plus inconséquents et plus
« barbares que les autres ; car ceux-ci ne gardent pas éternel-
« lement leurs fils dans les fers ; mais vous, ce sont vos frères
« et vos mères que vous voulez retenir à jamais en servitude. »
« Il n'est que trop vrai, les mulâtres, — poursuit M. Schœl-
« cher, — se sont courbés eux-mêmes sous les fourches du
« préjugé, ils n'ont pas moins de dédain pour les noirs, les in-
« sensés ! que les blancs n'en ont pour eux ; et un mulâtre se
« ferait autant scrupule d'épouser une négresse, qu'un blanc
« d'épouser une mulâtresse ! Quelqu'un l'a dit avec vérité

(M. Bovis).; Un mulâtre hait son père, et méprise sa mère.»
Ce ton superbe, ce ton de grand seigneur, ne sied pas à
M. Schœlcher, ni comme abolitioniste, titre dont il se paré,
ni en aucune autre façon. Les commissaires de la Convention faisaient leur devoir, et ils faisaient bien; et ce langage
que leur emprunte M. Schœlcher ne lui convient nullement à lui.
De qui donc M. Schœlcher tient-il ses pouvoirs? et quelle Convention l'a chargé de prêcher, de catéchiser sur ce ton? Que
si M. Schœlcher est aussi sincèrement l'ami des noirs qu'il le
dit, qu'il le soit aussi de leurs enfants. Qu'il enseigne aux mulâtres à ne pas mépriser leur mère, mais qu'il ne vienne
parodier personne, car il est aussi mauvais plaisant que mauvais raisonneur. Que M. Schœlcher ne cherche pas par ses ad-
monestations à diviser les noirs et les mulâtres, pour per-
pétuer *le règne de ses hôtes blancs.* — Les déclamations de
M. Schœlcher peuvent entraîner cette funeste conséquence, si
les noirs esclaves se laissent jamais subjuguer, endoctriner par
les apôtres de discorde quels qu'ils soient.
Les noirs et les mulâtres en ont bien assez pour les diviser
des efforts de leurs ennemis naturels, sans que M. Schœlcher
l'abolitioniste ne vienne porter son contingent de division. Sous
ce point de vue, nous signalons à nos frères nègres et mulâtres
l'ouvrage de M. Schœlcher comme une œuvre de division, cent
fois plus dangereuse que tous les écrits des colons et de leurs
agents. C'est dans cette œuvre machiavélique que nous avons
vu cette transaction dont nous avons parlé en commençant.
Des colons ont concédé à M. Schœlcher le *principe de l'aboli-*
tion, lui, il a sacrifié aux passions haineuses des colons, en
accablant les mulâtres de tout son mépris? Ce n'est pas ainsi
que procèdent les véritables apôtres de l'humanité, les négro-
philes, les philanthropes, les abolitionistes sérieux.
Oui, répétons-le, le livre de M. Schœlcher ne tend à rien
moins qu'à éterniser les haines de castes, loin de les apaiser.
Qu'il prêche, si c'est là sa manie, mais qu'il soit calme et sans
fiel, comme il l'est lorsqu'il s'agit de ses hôtes; qu'il soit sans
colère pour parler à des hommes qui ne lui ont point donné mission de leur enseigner leurs devoirs de fils et de frères envers
leurs mères et leurs frères nègres. M. Schœlcher eût rempli sa
mission en véritable philanthrope, en véritable ami des noirs, si,
aux colonies, il se fût présenté aux noirs, aux mulâtres et aux

blancs, pour faire entendre à chacun un langage digne de la mission à laquelle il s'était voué. Mais après avoir *reculé devant des déboires passagers*, ou plutôt après avoir cédé à l'insolente menace, oui, à l'insolente menace de M. A. Perrinelle, qui lui refuse sa porte s'il frate avec un seul mulâtre, M. Schœlcher n'a pas qualité pour adresser aux noirs et aux mulâtres des sermons et des paraboles. Les mulâtres n'acceptent pas l'excuse que M. Schœlcher veut bien trouver pour eux, dans la maudite influence du préjugé. Si les mulâtres tiennent à mériter la sympathie des hommes de bon sens et de bon cœur, ils repoussent la sympathie d'hommes qui, sous le manteau de l'abolitioniste, croient pouvoir tout se permettre envers eux, jusqu'à l'invective et au mépris.

D'autres hommes que M. Schœlcher, en France comme en Angleterre, ont bien plus droit à la reconnaissance et à la gratitude des noirs et des mulâtres pour tout ce qu'ils ont fait à différentes époques, en vue de la réhabilitation politique et sociale de ces deux races, et ils ne se sont jamais permis envers eux, ce que M. Schœlcher se permet aujourd'hui, lui, négrophile de nouvelle date. Les Grégoire, les Destutt de Tracy, les Lafayette en France, les Wilberforce, les Clackson en Angleterre, et tant d'autres en Angleterre et en France dont nous respectons, dont nous honorons la mémoire, nous ont, eux aussi, donné des conseils, mais jamais il ne leur est arrivé de nous humilier au profit des blancs, pour acquitter, nous ne savons quelle dette d'hospitalité. Si leur langage, parfois sévère, nous touchait, jamais du moins il ne nous a blessés, parce qu'il était franc et loyal, sans rien sacrifier des obligations qu'imposent la politesse et la plus simple charité. Jamais le langage de ces véritables *amis* ne tendit à nous faire rougir à nos propres yeux et à nous faire douter de nous-mêmes. Voilà ce que nous avons à dire à M. Schœlcher.

Poursuivant son œuvre de division, M. Schœlcher ajoute : « Cet éloignement que montrent les mulâtres vis-à-vis du nègre est un scandale aux yeux de la raison, une joie profonde pour leurs ennemis; et ce qui maintient la force des colons, « ce qui perpétue leur supériorité, c'est précisément la haine « que les sangs-mêlés ont créée par leur orgueil entre eux et « les noirs. Ceux-ci les détestent, et leurs proverbes toujours si « admirablement expressifs ne manquent pas contre *leurs fils-*

« insolents : *Quand milate tini iun chouval, li dit négresse
« pas mamanli (1).* — « Les gens de couleur voudaient s'élever
« jusqu'aux blancs, mais sans faire monter les noirs avec eux.
« Au lieu de faire effort pour se rapprocher, piteusement de la
« classe blanche, les hommes de couleur doivent se rapprocher
« fraternellement des noirs.... *Les mulâtres, dans toutes leurs
« entreprises, ont toujours été battus ; nous ne le regrettons
« pas, parce qu'ils ont toujours abandonné et oublié les esclaves,*
« leurs alliés naturels. »

Leurs fils insolents ! Si M. Schœlcher n'avait pas annoncé
à ses hôtes qu'il acquitte envers eux une dette en leur faisant
hommage de son livre ; si M. Schœlcher n'avait pas écrit au
Globe qui l'attaquait, alors que le *Globe* ne connaissait pas encore ce livre : « Lorsque mon ouvrage paraîtra, les créoles
« verront qui est leur ennemi, de vous, qui croyez les défen-
« dre en mentant (mentir sur M. Schœlcher), ou de moi qui
dis le bien et le mal avec scrupule ; » si M. Schœlcher
n'eût pas écrit cela, nous eussions été surpris de toutes
ces injures adressées aux mulâtres à chaque page du livre
de ce philanthrope, et que le négrophile a exhumées sans
doute de l'ancien vocabulaire de ses hôtes ; car aujourd'hui cela
n'est plus de mise, les colons ne disent plus *mulâtre insolent !*
ils ne mettent plus au carcan avec cet écriteau : « *Mulâtre
insolent* envers un blanc » ; ils laissent ces vieilleries à
M. Schœlcher, parce qu'elles ne peuvent trouver place que dans
son livre.

Nous ne saurions trop le répéter à M. Schœlcher, son livre
est une mauvaise action, car il tend à brouiller les fils mulâtres avec leurs mères négresses. Son livre ne parle pas au cœur,
il aigrit, il envenime les passions, au lieu d'enseigner aux uns
et aux autres leurs devoirs, au lieu de faire comprendre aux uns
et aux autres leurs véritables intérêts. Si M. Schœlcher se fût
adressé aux mulâtres avec la dignité que comportait sa mission
d'abolitioniste, c'est-à-dire en dépouillant ses conseils de toute
injure, nous nous serions réunis à lui pour accabler aussi de
notre mépris ceux qui se seraient rendus sourds à sa voix ; car
loin de nous la pensée de nier que parmi les mulâtres il ne s'en

(1) Quand un mulâtre possède quelque chose, il dit que sa mère n'était
pas une négresse.

trouve pas qui ne méritent l'anathème que M. Schœlcher lance
sur la masse, et ne montrent de l'éloignement pour les noirs.
Il s'en trouve malheureusement dans chacune de nos quatre
colonies. Oui, quelques misérables s'oublient au point de
rougir de leur origine nègre! Mais hâtons-nous de dire, pour
l'honneur de l'humanité, pour l'honneur des nègres et des mu-
âtres eux-mêmes, c'est une très-faible partie de la population
mulâtre, et nous pourrions, au besoin, donner la liste de tous ces
noms à M. Schœlcher, car nous croyons connaître et les hommes
et les choses des colonies un peu mieux que lui.

De même, si M. Schœlcher consent à livrer à la publicité les
noms de ses hôtes blancs, connus par leurs cruautés envers
de malheureux nègres, et nous l'aiderons dans cette œuvre, de
même nous prenons l'engagement de lui livrer sans pitié ceux
des mulâtres connus dans les quatre colonies par leur éloignement pour les nègres. Ces quelques mulâtres sont les bienvenus
parmi les hôtes de M. Schœlcher, peut-être cette considération
fera-t-elle reculer M. Schœlcher.

Cependant nous ne le pensons pas, car nous lisons à la page
245 du livre de M. Schœlcher qu'un pareil engagement avait
été pris par M. Schœlcher vis-à-vis de ses hôtes à l'occasion de
M. Isambert. Voici comment M. Schœlcher raconte la chose:

« M. Isambert, *qui s'est constitué le défenseur des sangs-*
« *mêlés* (et que M. Schœlcher daigne prendre sous son *patro-*
« *nage*), est traité aux colonies d'une manière infâme, — dit
« M. Schœlcher, — et c'est de la dernière authenticité pour
« tous les créoles, que M. Isambert n'a embrassé et ne continue
« à défendre la cause de l'abolition que pour de l'argent.
« On croit que les preuves en existent, écrites de la main du
« coupable, dans la correspondance d'un homme de couleur,
« *nommé* Leriché, dont les papiers passèrent après décès au
« bureau des successions vacantes de Saint-Pierre, Martinique.
« J'ai entendu plusieurs personnes se faire l'écho de ces *ter-*
« *ribles bruits*, quoique je voulusse y opposer la réputation de
« probité dont jouit M. Isambert en France. Je dis à la fin:
« La déconsidération publique du plus actif défenseur des noirs
« serait un coup très-rude porté à la cause de l'affranchisse-
« ment, car *on juge avec quelque raison du procès par l'avo-*
« *cat*. Cependant, comme la vérité doit être honorée par-dessus
« toutes choses, *je ferai, moi, abolitioniste*, ce que je suis-

« *étonné que pas un de vous n'ait encore fait.* Puisque les
« preuves *de la félonie subsistent, je m'engage à les publier,*
« *si vous me les montrez,* etc., etc., etc. »

Heureusement pour *la cause de l'affranchissement,* les
preuves de la félonie n'existaient pas, et M. Schœlcher n'eut
pas lieu de tenir son engagement. Ainsi la réputation de probité
de M. Isambert est restée intacte, grâce à la bienveillante inter-
vention de M. Schœlcher. Toutefois les mulâtres et les nègres
n'avaient pas besoin de cette déclaration pour savoir à quoi s'en
tenir sur ces *terribles bruits* que personne ne croit aux colonies, pas même ceux qui les propagent (1). D'ailleurs les mulâtres sont trop pauvres, et M. Schœlcher le sait bien, pour
payer en d'autre monnaie que leur dévouement ceux qui généreusement ont embrassé leur cause. C'est avec cette monnaie
qu'ils ont payé Condorcet, Grégoire, Lafayette, Destutt de
Tracy et tant d'autres philanthropes qui ont défendu leurs droits,
et c'est avec cette monnaie-là qu'ils paient encore la mémoire
de ces hommes de bien ; et les colons savent, à n'en pas douter, que M. Isambert n'en demande pas davantage.

Nous venons de nommer des amis des noirs, des noms bien
anciens, mais bien honorables. Peut-être dans sa manie de
tout parodier sur cette question de l'esclavage, M. Schœlcher
qui tient à une nouvelle école abolitioniste, celle des Bovis, des
Guignod, des Perrinelle et consorts, va-t-il nous dire comme
certain réformateur : « *Voltaire ! perruque, Racine !* un po-
lisson. » Mais les noirs et les mulâtres conserveront et honore-
ront la mémoire de leurs anciens défenseurs et amis, répudiront
tous ces nouveaux venus, qui, se posant comme leurs *patrons,*
s'associent pour les défendre à leurs ennemis, MM. Perrinelle,

(1) Ayant demandé ici à Paris, à un colon, qui s'est voué à la cause de
ses frères et amis, pourquoi il répétait ces *terribles bruits,* puisque ni lui
ni ses amis ne les croyaient, il m'a été répondu : « Personne plus que moi
ne sait le contraire de ce que nous autres créoles nous sommes convenus
de dire ; puisque j'ai lu les lettres de M. Isambert. Dans la colonie on n'y
croit pas plus que moi ; mais en publiant partout et toujours des phrases
isolées de ces lettres, le public de France finit par croire et en être dupe,
et c'est tout ce que nous voulons. Au reste, vous connaissez les colons
comme moi, cela les amuse, cela les fait rire ; je les amuse, je les fais
rire, ils sont contents. »

Guignod, Bovis, etc.), etc., etc. Ils diront comme ce vieux pro-
verbe créole : « *Trapé montré connait* (1). »

M. Schœlcher ne regrette pas que les mulâtres aient toujours
été battus dans toutes leurs entreprises, parce que, dit-il, ils
ont toujours abandonné et oublié les esclaves. « Vers 1833,
« dit M. Schœlcher, révolte encore : nouvelle *tentative des*
« *hommes de couleur* et nouvelle répression. »

Or, dans cette *entreprise* de 1833, il y eut révolte et répression, et après la répression, condamnation qui frappa également des *esclaves* comme des *hommes de couleur libres*, car
esclaves et libres avaient tiré l'épée du fourreau ! — Que répondra M. Schœlcher à cela ? (2) Nous pourrions dire encore à
M. Schœlcher, pour son instruction en matière de colonies,
que dans l'affaire de Thimagène Houat, à l'île Bourbon, laquelle
n'avait pour but que l'émancipation des esclaves, — ainsi qu'il
résulte des pièces de la procédure que nous avons sous les
yeux, — il y eut également des esclaves et des hommes libres
condamnés.

Maintenant, pour terminer sur ce chapitre, nous dirons à
M. Schœlcher, ou vous n'êtes coupable que d'ignorance, ou
vous êtes de mauvaise foi.

D'ignorance, si vous avez écrit sur les colonies sans vous
enquérir des renseignements nécessaires, sans vous entourer
de tout ce qui a été publié depuis douze ans par les mulâtres en
faveur des esclaves.

De mauvaise foi, si vous avez lu ces documents imprimés
que nous savons en votre possession, vous n'en avez pas moins
persisté, après cette lecture, à écrire : « *Les mulâtres ont tou-*
« *jours abandonné et oublié les esclaves. Ils veulent s'élever*
« *jusqu'aux blancs, mais sans faire monter les noirs avec*
« *eux.* » Ainsi donc M. Schœlcher, à

_____

(1) Être attrapé nous donne de l'expérience. Chat échaudé craint l'eau
froide ; et vous m'avez tout l'air de nous vouloir jeter dans un guêpier.

(2) Au moment où nous écrivons ces lignes, nous recevons la visite d'un
des conjurés de l'affaire de la Grand'Anse, le seul qui soit resté en France.
Il était *esclave* à la Martinique. Nous lui avons lu le passage du livre de
M. Schœlcher sur l'affaire qui lui valut une condamnation à mort, avec
ses co-accusés *libres*, il en a ri en haussant les épaules. C'était tout ce
qu'il y avait à faire.

Et qui donc veut faire monter les esclaves, si ce ne sont leurs frères, les mulâtres ?

Est-ce par hasard M. Schœlcher qui demandait pour les esclaves le privilège *d'être fouettés dans un lieu public*, *le maintien du fouet par respect pour le droit du maître*, parce que: *enlevez le fouet au propriétaire, il ne pourra plus faire travailler* (1) ? Est-ce M. Schœlcher qui les veut faire monter jusqu'aux blancs ; lui qui demandait encore en 1833 « qu'il *fût interdit de faire subir à la liberté les affronts de* « *l'esclavage,* » — c'est-à-dire, ajoutait-il, — « qu'aucun *in-* « *dividu libre* ne puisse être flagellé (2). » — Demande superflue, puisque la peine du fouet n'a jamais existé pour les libres. — Est-ce M. Schœlcher qui veut faire monter les esclaves jusqu'aux blancs en maintenant au profit de ceux-ci *le droit de les fouetter?*

Ou bien sont-ce les mulâtres qui demandaient publiquement pour les esclaves, dans la presse, aux chambres, au gouvernement, la suppression du fouet comme un supplice *immoral et barbare*; qui réclamaient pour les esclaves le droit de se rédimer, le droit du recours en cassation, la suppression de la chaîne de police, *la faculté d'hériter comme les libres*, et qui terminaient ainsi l'une de leurs pétitions aux chambres en 1832: « L'œuvre « des chambres serait incomplète, si à côté des *lois pour les* « *libres* elles ne plaçaient une loi pour les esclaves ! »

Est-ce M. Schœlcher qui veut faire monter les esclaves jusqu'aux blancs, lui, qui demandait en 1833 qu'on abolît « l'esclavage « *dans soixante ans, parce qu'il consent à ce* « *que les propriétaires ne perdent rien* »; et qui expliquait ainsi sa pensée : « Je fixe plutôt soixante ans que quarante, « *parce que je pense que tous les esclaves seront morts dans* « *cet espace de temps* (3). » Ainsi donc M. Schœlcher ne demandait la liberté pour les esclaves qu'*après leur mort !* — Est-ce M. Schœlcher qui veut faire monter les esclaves jusqu'aux blancs?

Ou bien sont-ce les mulâtres, qui écrivaient ceci en faveur de leurs frères noirs esclaves: « C'est par la violation des lois divines

(1) De l'Esclavage des noirs, et de la législation coloniale. Paris, 1833.
(2) De l'Esclavage des noirs.
(3) De l'Esclavage des noirs.

et humaines que les colons sont arrivés à la possession des noirs, et c'est par l'abus de la force et par des lois barbares qu'ils veulent conserver cette possession. D'après le droit naturel, nous sommes nés aussi libres que les blancs, et nous avons droit à autant de liberté qu'eux. Chacune des colonies de la Guadeloupe et de la Martinique compte dans l'esclavage 80 à 100,000 esclaves, 20 à 25,000 hommes de couleur libres, affranchis et patronés, 8 à 10,000 blancs, *marchands ou détenteurs d'hommes*. Cette énorme différence parle plus haut que tous les plaidoyers en faveur de nos compatriotes. *Douze* individus se laissent diriger, maîtriser par *un seul blanc*, et c'est celui-ci qui se plaint, qui fait pressentir sa destruction s'il perd de son autorité, de sa puissance! »

Est-ce M. Schœlcher qui veut faire monter les esclaves jusqu'aux blancs, lui qui ne demandait, en 1833, *que l'abolition de la traite*, lorsque la traite était abolie ; qui, s'adressant aux maîtres, leur disait : « *Nous consentons* à ce que vous possédiez encore des hommes *pendant soixante ans* ; nous ne vous enlevons pas le moyen de les utiliser, et, *par respect pour votre propriété, nous vous permettons* un châtiment dont l'idée seule nous indigne? » Est-ce M. Schœlcher qui les veut faire monter jusqu'aux blancs, lui qui en écrivant cela accordait aux propriétaires le droit de « *maltraiter un esclave jusqu'à un certain degré* (1)? »

Ou bien sont-ce les mulâtres, qui demandaient en 1830 l'amélioration du sort des esclaves pour arriver à l'affranchissement : « C'est, — disaient les mulâtres en parlant de l'émancipation des noirs, — c'est là le cauchemar des colons. Aujourd'hui et dans l'état d'oppression où gémissent 200,000 hommes forts et nerveux, il existe des *liens de parenté* que l'émancipation politique des mulâtres ne saurait rompre.... Un peu de bien chez les esclaves sera l'avant-coureur d'une position plus douce encore ; et dans un avenir éloigné, incertain pour beaucoup, mais réel pour un plus grand nombre, se dessineront d'abord l'affranchissement simple et ensuite l'entière émancipation. Alors ils cesseront de voir dans leurs maîtres *des bourreaux inviolables et éternels*. »

(1) De l'Esclavage des noirs, Art. IX du Code noir. Schœlcher, Paris, 1833.

Voilà ce que les mulâtres, en 1830, demandaient pour leurs frères encore dans l'esclavage. Et M. Schœlcher qui reproche aujourd'hui aux mulâtres *de vouloir s'élever jusqu'aux blancs et de ne pas faire monter avec eux les noirs*, M. Schœlcher qui reproche aux mulâtres de faire « effort pour se rapprocher « *piteusement* de la classe blanche, » écrivait, lui, ceci en 1830, dans la *Revue de Paris*. Écoutons-le encore :

« Loin de nous la pensée de *bouleverser le monde* (quelle « prétention !), de compromettre les intérêts et la vie de tant « de colons attachés à l'esclavage. Ceux qui *veulent l'éman-* « *cipation* des noirs actuelle et spontanée, parlent et agis- « sent dans un esprit d'humanité très-honorable sans doute ; « mais, soit *ignorance* (le mot est curieux dans la bouche de « M. Schœlcher), soit entraînement, ils ne tiennent pas compte « d'une circonstance qui présente à l'affranchissement immé- « diat *des difficultés insurmontables* ; cette circonstance c'est « l'état moral de nos *protégés* (le protecteur !). *Que faire de* « *nègres affranchis?* Pour quiconque *les a vus de près*, cette « question *est impossible* à résoudre. *Les nègres sortis des* « *mains de leurs maîtres avec l'ignorance* et tous les vices de « l'esclavage, *ne seraient bons à rien, ni pour la société, ni* « *pour eux-mêmes*, parce que telle est *la paresse* et l'impré- « voyance qu'ils ont contractées dans leur bagne, où ils n'ont « jamais à penser à l'avenir, qu'ils *mourraient peut-être de* « faim plutôt que de louer la force de leur corps ou leur in- « dustrie. *Je ne vois pas plus avec personne la nécessité d'in-* « *fecter la société* actuelle, déjà assez mauvaise, de plusieurs « *millions de brutes décorés du titre de citoyens*, qui ne se- « raient en définitive *qu'une vaste pépinière de mendiants et* « *de prolétaires*. Quant à cela, *laissons faire le grand maître*, « *LA MORT* et les affranchissements successifs feront disparaître « peu à peu les restes de l'esclavage ; mais, la seule chose dont « on doive s'occuper aujourd'hui, c'est d'en tarir la source en « mettant *fin à la traite*. Envisager la question autrement, « *c'est faire du sentiment en pure perte*. »

Vous le voyez : envisager la question de l'abolition de l'escla- vage autrement que M. Schœlcher, « *c'est faire du sentiment en pure perte !* » Et puis le *radical négrophile* reproche aux mulâtres de ne vouloir pas faire monter les noirs avec eux jusqu'aux blancs, d'avoir toujours abandonné et oublié les esclaves. — Mais ce sont les écrits de M. Schœlcher publiés en 1830 et 1833 qui ont paralysé les efforts des mulâtres. Combien de fois ne nous a-t-on pas dit : « Vous demandez l'affranchis-« sement des esclaves? que deviendront-ils quand ils seront « libres? *ils ne seront bons à rien, ni pour la société, ni pour* « *eux-mêmes; ils mourront de faim plutôt que de louer leur* « *corps ou leur industrie. A quoi bon infecter la société de* « *plusieurs millions de brutes décorés du titre de citoyens,* « *qui ne seraient en définitive qu'une vaste pépinière de men-* « *diants et de prolétaires.* »

Et lorsque nous autres mulâtres nous répondions que c'était le travail du nègre esclave qui enrichissait le maître, et qu'à plus forte raison le nègre devenu libre pourrait suffire à son existence; que le maître serait moins riche, il est vrai, mais que cela nous importait fort peu, puisqu'il en résulterait plus de bien-être pour les noirs, — alors nous étions interrompu par les personnages avec lesquels nous discutions la question de l'affranchissement, par ceux-là qui font les lois dans les chambres et par ceux-là qui les présentent aux chambres. Ils nous renvoyaient aux écrits de M. Schœlcher, nous disant : l'o-pinion de celui-ci ne vous sera pas suspecte, *c'est un radical,* *c'est un républicain!*

Non, monsieur Schœlcher, ce ne sont pas les mulâtres, mais c'est vous qui ne voulez pas que les noirs montent jusqu'aux blancs; c'est vous, avec vos mauvais articles dans la *Revue de Paris,* avec votre mauvaise brochure de 1833, comme avec votre mau-vais livre d'aujourd'hui; qui ne voulez pas voir monter ni eux, ni les mulâtres jusqu'aux blancs; car lorsque vous écriviez, en 1830 et 1833, que, *pour quiconque a vu les nègres de près,* *il est impossible de résoudre la question de l'abolition de l'es-* *clavage,* « les mulâtres, eux, écrivaient ceci : »

« L'esclavage n'est pas un état naturel; il est humain de le faire cesser. Le gouvernement doit songer sérieusement à diri-ger le moral de l'esclave vers un avenir meilleur ici-bas, image de la vie future dont lui parle une religion qui doit cesser de le rendre stupide ou fanatique. Tout esclave doit avoir le droit d'actionner son maître en justice, » — et les mulâtres citaient l'exemple des colonies anglaises où cette législation était en vi-gueur; ils demandaient la création aux colonies d'un protec-teur des esclaves, qui visiterait les habitations, écouterait les plaintes des esclaves. Et dans leur mémoire au ministre et à la commission de législation coloniale, les mulâtres disaient : » — « que la commission doit bien se pénétrer qu'on arrivera à l'abolition de l'esclavage, et que chaque noir cessant d'être maltraité et de dépendre du caprice d'un maître, s'attacherait à la vie, à sa famille, dont les rejetons ne seront plus voués en naissant à l'esclavage ou à une mort prématurée. »

Et enfin dans leur mémoire aux commissions de la chambre des députés et de la chambre des pairs, chargées de l'examen des lois pour les colonies, ils disaient encore, en opposition aux colons qui prétendaient avoir seuls le droit de statuer sur l'affranchissement des esclaves :

« L'affranchissement étant un droit, un retour à un principe naturel dont on ne s'est écarté que par *l'abus le plus révoltant de la force*, on a tort de prétendre qu'il n'intéresse que la société coloniale. Au législateur seul, au contraire, appartient le pouvoir d'en formuler les règles ; et ce serait frapper à l'avance de nullité les intentions de la métropole à l'égard de la *reconnaissance* d'un droit naturel, que d'en subordonner la *concession au bon plaisir* ou *à l'intérêt* de la société coloniale. Il est dans la nature des possesseurs d'esclaves de s'opposer à tout affranchissement ; ils sont là dans l'exercice *de leurs priviléges, dans leurs usages, dans leurs mœurs*, comme les esclaves sont dans *l'exercice de leurs* DROITS, en réclamant la cessation d'un abus aussi inhumain, *l'esclavage !* »

Les mulâtres s'exprimaient encore ainsi sur ces lois à propos du cens :

« Conçoit-on un cens qui assimile l'homme à du bétail ! Chaque *tête de noir* recensé de *tout sexe comptera* pour un trentième de *cens électoral !* » Et c'est quand des voix généreuses s'élèvent de toutes parts pour *l'abolition de l'esclavage*, qu'on veut asseoir, sur la possession d'un malheureux esclave, le plus précieux des droits politiques ! Une faculté qui naîtrait de la violation des lois humaines et des souffrances des misérables, serait à jamais viciée dans son essence, et incompatible avec les idées de liberté qui s'étendent chaque jour. » — La loi ne fut pas votée avec ces mots : « *Chaque tête de noir* recensé de tout sexe, etc., etc. » — Mais un nouveau projet fut présenté par M. de Rigny, ministre de la marine et des colonies, et on y substitua ces mots : « *Propriété mobiliaire.* » — Alors les mulâtres combattirent encore cette loi qui assimilait l'esclave à un meuble, à un cheval. — « M. le ministre paraît oublier, disaient-ils, qu'aux colonies l'esclave est considéré comme *meuble*, la chambre doit s'en souvenir et ne pas permettre qu'*un homme même dans l'état de servitude*, soit considéré comme *chose*, et puisse concourir à assurer sur la tête de son possesseur la faculté du droit électoral et d'éligibilité. »

Nous ne pousserons pas plus loin ces citations qui prouvent jusqu'à la dernière évidence que les mulâtres n'ont point, comme le veut bien dire M. Schœlcher, *abandonné et oublié les esclaves dans leurs entreprises*. Celui qui écrivait les différents passages des mémoires et pétitions que nous venons de rapporter, avait l'honneur alors de représenter les hommes de couleur de la Martinique. Il n'a pas été désavoué par ses mandants, et de nombreuses correspondances de Cayenne, de Bourbon, de la Guadeloupe et de la Martinique, témoignent qu'il a été le fidèle interprète des sentiments des hommes de couleur de ces quatre colonies, bien qu'il n'eût mandat que d'une seule. Il n'eût point accepté un mandat des mulâtres, s'il ne se fût agi du sort des esclaves. Et au risque de compromettre *l'émancipation politique* des mulâtres, il eût pris parti contre eux, à la grande satisfaction des blancs, car avant tout il voulait *la liberté pour tous !* Et aussi avant M. Schœlcher il avait dit pour les mulâtres qui ne l'ont pas désavoué : « C'est dans l'alliance nègre qu'est notre émancipation réelle ! »

Comme nous avons promis de parler avec franchise, nous ne devons pas hésiter à dire en terminant tout ce que nous voyons dans le livre de M. Schœlcher.

Ne nous dissimulons pas que l'abolition de l'esclavage accomplie, les colons, malgré leur opposition, forcés de la subir, s'arrangeront de manière à exercer sur les nouveaux affranchis une influence qui leur assure une certaine domination sur les deux classes nègre et mulâtre, car le préjugé de couleur et les rivalités de castes ne disparaîtront pas tout à coup, à l'aide d'une baguette magique. Les colons feront donc auprès des esclaves devenus libres, ce qu'ils ont tenté vainement de faire auprès des hommes de couleur, depuis que ceux-ci ont obtenu leur émancipation politique. N'ont-ils pas cherché à persuader aux colonies, n'ont-ils pas publié en France, que les hommes de couleur ne devaient leur émancipation politique qu'à la volonté des colons ; que les amis des mulâtres, que les libéraux auraient tout compromis, après la révolution de juillet, sans leur généreux concours, eux qui repoussaient toutes nos réclamations, eux qui combattaient toutes nos propositions, eux qui nous disputaient le terrain pied à pied. Ceux qui ont perdu souvenir de toutes ces choses-là, n'ont pas été comme nous sur la brèche ; ils ne savent pas tout ce qu'il nous a fallu de démarches, tout ce qu'il nous a fallu d'efforts pour vaincre les obstacles que, chaque jour, nous rencontrions de la part des colons. Néanmoins ils ont eu l'audace d'imprimer cette hérésie politique, que nous devions tout à leur concours, afin que nous attachant à eux par la reconnaissance, nous abandonnassions, nous oubliassions les esclaves nos frères. Mais il n'en a pas été ainsi, et les mulâtres pourront dire un jour avec orgueil, que c'est un des leurs qui provoqua en 1834 la formation de la Société française pour l'abolition de l'esclavage, — nous ne dirons pas comment — cette société que les colons accusent aujourd'hui *d'exercer l'influence à la plus dissolvante et la plus incontestée sur leur destinée.*

Eh bien ! ce que les colons ont vainement tenté auprès des hommes de couleur, ils le tenteront avec bien plus de succès auprès des noirs, après l'abolition de l'esclavage, et le livre de M. Schœlcher à la main, ils se présenteront aux noirs affranchis, et ils leur diront :

« Voyez ! les mulâtres sont vos fils, vos frères, et ils n'ont
« rien fait pour vous faire sortir de l'esclavage ; ils vous ont
« *toujours abandonnés, oubliés dans toutes leurs entreprises.*
« Dans leur orgueil, ils voulaient bien *s'élever jusqu'à nous,*
« mais *ils ne voulaient pas vous faire monter avec eux.* Tenez,
« lisez ce qu'a écrit M. Schœlcher, c'est un ami de votre cause,
« un blanc d'Europe, qui a été témoin de vos souffrances,
« mais qui a rendu justice à nos efforts pour les alléger ; tan-
« dis que vos fils, vos frères, ne faisaient rien en votre faveur.
« Votre ami, M. Schœlcher, a fait connaître au monde entier
« l'abandon où vous laissaient vos *fils insolents !* lorsque nous,
« nous, vos anciens maîtres, nous demandions comme *aboli-*
« *tionistes,* votre entière libération de l'esclavage. Si vous
« êtes libres aujourd'hui comme les mulâtres, vous le devez à
« nous ; c'est nous qui avions demandé l'abolition de l'escla-
« vage, *l'esclavage que la France nous imposait et que nous*

« subissions à regret. Unissez-vous donc à nous, et vous trou-
« verez sur nos habitations le travail qui honore l'homme,
« puisqu'il le fait vivre. Avec nous vous n'aurez jamais à
« rougir d'avoir été abandonnés, sacrifiés par notre orgueil,
« et nous ne rougirons pas de vous, puisque nous sommes
« blancs ; mais les mulâtres vos fils, rougissent de leur ori-
« gine ; ils rougissent de vous ; ne pouvant être blancs comme
« nous, ils nous haïssent et vous méprisent. »

Alors, les noirs devenus libres, liront-ils le livre de M. Schœlcher ? Ils y trouveront écrit en toutes lettres ce discours des
blancs. Habilement excités par les colons appuyés du livre
de M. Schœlcher, les noirs se sépareront-ils des mulâtres,
et le règne des blancs continuera-t-il, même après l'abolition
de l'esclavage ?

Ceux qui ne connaissent pas les colonies et qui ne voient
qu'un côté de la question, trouvent que le livre de M. Schœlcher est de nature à faire du bien. Nous plaignons leur im-
prévoyance. Pour nous, l'avenir nous préoccupe bien plus que
le présent, et tous ceux qui connaissent comme nous les colonies françaises, les rivalités des deux castes blanche et de couleur, condamnent avec nous le livre de M. Schœlcher comme
une œuvre de discorde dans l'avenir. Telle est la portée de
ce livre, que les colons n'ont pas critiqué et qu'ils se garderont
bien de critiquer, parce que à leurs yeux aujourd'hui l'abolition de l'esclavage n'est plus une question, et, comme de
deux maux il faut choisir le moindre, ils acceptent l'abolition
de l'esclavage avec le livre de M. Schœlcher, de M. Schœlcher
qui veut l'abolition de l'esclavage, qu'ils ne veulent pas eux
colons, mais qui leur assure plus tard un moyen d'influence
qu'ils sauront employer pour maintenir leur domination.
D'ailleurs, M. Schœlcher n'a-t-il pas proclamé dans son livre
l'inutilité des mulâtres !

Nous croyons avoir rendu déjà quelques services à notre
pays et à nos frères nègres et mulâtres, mais notre tâche ne
serait pas remplie, si nous laissions passer sans les combattre
les préventions fâcheuses que le livre de M. Schœlcher peut
laisser dans l'esprit des noirs contre les mulâtres : peut-être
M. Schœlcher a-t-il cédé à un entraînement dont il n'a pas pré-
vu toutes les conséquences ; nous les signalons ces conséquences, et nous répétons que le livre de M. Schœlcher à la

main, les blancs, après l'abolition de l'esclavage, pourront chercher à conserver leur domination sur les nègres et sur les mulâtres en les divisant. Nous connaissons l'histoire des colonies, et sans présomption, nous croyons notre opinion de quelque poids dans la question. Il ne fallait rien moins que le danger que nous venons de signaler, pour nous décider à parler de la sorte. En signalant ce danger, nous remplissons un devoir envers nos frères nègres et mulâtres, nous faisons un acte de patriotisme, et nous espérons que notre voix sera entendue.

Puisse-t-elle persuader aux noirs que les mulâtres sont leurs frères, leurs amis ! Puisse notre voix être entendue aussi des mulâtres à qui peuvent s'adresser les injures cruelles de M. Schœlcher ; que ses reproches mérités pour quelques-uns, immérités pour le plus grand nombre, soient pour tous un motif d'émulation; que les mulâtres redoublent donc d'efforts pour faire mentir leurs ennemis, pour éviter les dangers que nous avons signalés; qu'ils répètent avec nous. «C'est dans l'alliance « nègre qu'est notre émancipation réelle! » Que des noirs disent aussi : « Oui, c'est dans notre alliance qu'est votre force et notre « liberté ! Vous êtes nos fils que nous avons nourris du lait de « notre sein, repoussés que vous étiez des blancs, à cause de « notre commune origine ; des blancs qui veulent aujourd'hui « encore nous diviser pour régner sur vous et sur nous. »

www.ingramcontent.com/pod-product-compliance
Lightning Source LLC
Chambersburg PA
CBHW060443260626
47161CB00005B/2046